# 두 번째 사랑

# 두 번째 사랑

**초판 1쇄 발행** 2025년 5월 20일

**지은이** 박정인
**펴낸이** 장길수
**펴낸곳** 지식과감성#
**출판등록** 제2012-000081호

**교정** 김지원
**디자인** 오정은
**편집** 오정은
**검수** 이주희, 이현
**마케팅** 김윤길

**주소** 서울시 금천구 벚꽃로298 대륭포스트타워6차 1212호
**전화** 070-4651-3730~4
**팩스** 070-4325-7006
**이메일** ksbookup@naver.com
**홈페이지** www.knsbookup.com

ISBN 979-11-392-2617-1(03810)
값 10,000원

- 이 책의 판권은 지은이에게 있습니다.
- 이 책 내용의 전부 또는 일부를 재사용하려면 반드시 지은이의 서면 동의를 받아야 합니다.
- 잘못된 책은 구입하신 곳에서 바꾸어 드립니다.

지식과감성#
홈페이지 바로가기

# 두 번째 사랑

박정인 지음

지식과감정

## 목차

1. 가지 않은 길     7
2. 꽃     25
3. 한강 일기록     41
4. 가을의 기도     59
5. 가시나무새     73
6. 바람 아래 해변     83
7. 키스 더 레인     87
8. 우리가 물이 되어     99
9. 문 리버     113
10. 후궁으로부터의 도주     129

그날 아침 두 길에는

낙엽을 밟은 자취는 없었습니다.

아, 나는 다음 날을 위하여 한 길을 남겨 두었습니다.

같은 길에 연이어 끝이 없으므로

내가 다시 돌아올 것을 생각하면서…


- 로버트 프로스트(1874-1963)의 〈가지 않은 길〉

# 1. 가지 않은 길

그날 아침, 나는 그녀와 함께 나의 집에 누워 있었다. 이제 막 내가 잠에서 깨어나 눈을 떴을 때였다. 어슴푸레한 벽 거울 속에 우리 둘이 누워 있는 모습이 멀리 거울에 비쳐 내 눈에 들어왔다.

그녀가 내쉬는 콧김이 내 살갗에 민감하게 와 닿았다. 긴 머리는 흐트러져 있었고, 한쪽 팔은 내 가슴 위에 널브러진 채였다.

나는 곤히 자고 있는 그녀를 깨우고 싶지 않아서 몸을 움직이지 않은 채 천장을 바라보고 있었다. 나는 그녀의 머리를 귀 뒤로 넘겨 주며 그녀의 얼굴을 내려다보았다. 그녀는 피곤하고 처연해 보였다. 천장이 높고 큰 창에는 블라인드가 내려져 있었으며, 그녀와 함께 앉아 있던 의자와 내 책상이 멀리 저만치 보였다.

방은 방음이 그런대로 잘 되어 있어 그녀의 숨소리밖에 들리지 않았다. 나는 천장을 바라다보았다. 지금 이 방은 침묵과 고요가 오히려 방해가 될 정도로 조용했다.

"당신이 있는데도 혼자 눈뜨는 아침이 싫어요."
"당신과 함께 아침에 눈을 뜨게 되면 좋겠어요."

"내가 먼저 깨어나서 당신의 자는 얼굴을 한참 동안 들여다보고 싶어요. 그리고 당신 팔을 베고 누워서 얘기하며 하루를 시작하고 싶어요."
"아, 정말 단 하루만… 단 하루, 아침만이라도 그래 봤으면 좋겠어요."

그녀가 언제나 내게 해 왔던 말이다. 그녀가 지난밤, 내 집에 들어서기 전까지 늘 했던 말이다. 나는 그녀와 한 번도 아침을 함께 보낸 적이 없었다. 두 사람이 아침을 함께 보낸다는 것은 사실 부부가 아니면 가지기 힘든 추억이다. 그녀는 그게 아쉬웠던 모양이었다.

그러나 나는 그 말을 그리 대수롭게 생각하지 않았다. 나는 여자들의 그런 집요하고 미묘한 순간에 관한 환상을 결코 이해하기 어려웠다. 그래서 나는 그녀가 처음, 나에게 식사를 하면서 그 말을 꺼냈을 때, 그녀의 본뜻은 따로 있을 것이라고 생각했다. 아마도 단순히 하루만 그렇게 보내고 싶은 것이 아니라 나와 함께 부부로 살아 보고 싶다는 욕심을, 나를 남편으로 의지하며 이번 생을 살고 싶다는 욕심을 그런 식으로 표현한 것이라고 생각했다.

아, 내게는 그렇게 나와 아침을 함께 맞고 싶어 하는 여자가 있구나.

　나를 당신이라고 서슴없이 부르는 여자, 앞으로 내 아내로 만들 수 있을지 없을지 모르지만 아내가 되어 내 곁에 머물기를 간절하게 바라는 한 여자, 그녀가 바로 윤정이었다.

　그러니까 그녀가 어느 날, 나를 갑자기 당신이라고 부르면서 내게는 정신적 방황과 시련이 시작되었다. 처음에 나는 그녀로부터 당신이라는 말을 들었을 때 몹시 낯설고 당혹스러운 느낌을 받았다. 그러나 이제는 그녀의 그 말이, 마치 태어나서 죽 들어 왔던 것처럼 당연하고 익숙하게 들렸다.

　"어딘가, 멀리 가고 싶어요."
　"둘이서만요. 아주아주 멀리요. 지금 현실에서 모두 떠나서."

　지난 저녁, 윤정은 석양 녘에 헤어지면서 나에게 그렇게 말했다. 나는 주저 없이 그녀를 힘껏 안았다. 그리고 그녀를 안은 채 내 아파트의 문을 열었고 내 방에 있는 의자를 내어주고는 그녀를 앉게 한 뒤 전기 콘센트에 플러그를 꽂아 음악을 틀었으며 따뜻한 커피를 끓여 와 나누어 마셨다.

　그녀가 내 방에 있는 칠레의 레인스틱을 신기한 듯 이리저리 흔들어 보고 있었다.

"이게 뭐예요?"
"악기지."
"악기요? 무슨 소리가 나나요?"
"완전히 세웠다가 다시 거꾸로 세웠다가 하면 나무 원통 안에 곡물이 쏟아져 내리는 소리가 날 거야."
"와, 정말 그러네. 왜 이런 악기를 만들었을까요."
"아마도 필요에 의해 만들었을 거야. 언어와 악기는 인류 역사와 함께 가장 오래된 유산이니까. 내가 알기로는 비가 오기를 바라는 농민들이 비를 그리워하며 만든 악기라고 하더라고…."
"내가 보기에는 그냥 나무 막대기 같은데… 정말 신기하네요. 왜 이런 악기를 집에 두고 있나요?"
"하하. 그거야 내 맘이지. 비를 좋아해서, 여기 침대에 앉아서 비가 안 올 때 저 밖을 보면서 이 악기를 이리저리 흔들면, 비가 오는 것 같으니까."
"당신은 참 재미있는 사람이야."
"악기랑 사람은 같은 점이 참 많아."
"어떤 점이 같은데요?"
"악기는 누군가 연주하기 전에는 그냥 악기라는 명사일 뿐이잖아. 그런데 악기를 사람이 다룰 때마다 다른 색채의 음악이 탄생하지."

"나는 남자는 옷이랑 같은 거 같아요."

"아니, 왜 남자를 옷에 비유해?"

"악기랑 마찬가지예요. 사이즈가 맞고 색깔이 예뻐서 옷 가게에서 그냥 사 온 뒤에 집에서 입어 보면 나라는 사람의 개성 때문에 안 맞을 때가 많아요. 그런데 색깔도 이상하고 사이즈도 맞을까 싶은데 옷 가게에서 입어 볼 때 '이거 정말 내 옷이다' 싶은 옷 있거든요. 남자들은 다 비슷한 거 같지만 당신은 딱 내 사람 같으니까."

"하하. 어떻게 그렇게 확신할 수 있지?"

"그건 내가 좋아하는 말만 너무 잘하고 나는 머릿속으로 생각 중인데 당신은 정확하게 그 용어를 찝어서 말해 주니까. 기분 좋네. 윤정이도 비를 좋아해?"

"그럼요. 나도 비가 그리우며 이 악기 연주하러 와야겠네."

"그래. 언제든지 와도 돼."

좀처럼 깨지 않을 것 같은 깊은 잠에 빠져 있던 그녀가 느린 목소리로 나에게 말했다.

"여기가 어디죠?"

"내 집."

"내가 지금 꿈을 꾸고 있나요?"

"꿈이 아닌지 확인해 보는 게 어때?"

그녀는 지금 이 상황이 꿈이 아니라 현실이라는 것을 확인이라도 하듯이 내 늑골을 가만가만 매만졌다. 그러고는 이내 몸을 세우고 나서 나를 큰 눈으로 바라봤다.

"어? 정말 꿈이 아니네?"

그녀는 지금이 꿈이 아니라 나와 함께하게 된 현실이라는 것을 확인하면서도 현실을 꿈으로 밀봉해서 간직하고 싶어 하는 기색이 역력했다. 현실은 늘 그녀에게 환멸을 주었기 때문이었을까? 어찌했든 그녀는 지금의 상태를 꿈에서 유예시켜 놓은 채 한없이 각인하며 즐기고 싶어 하는 게 분명했다.

나는 그녀의 즐거움을 방해하지 않으려고 아무 말 하지 않고 미소만 짓고 있었다. 때때로 너무나 사랑스러운 그녀를 바라보았다. 나는 그녀를 보면서 여자가 남자보다 어떤 분위기에 빠지면 훨씬 더 감상적으로 변하는 속도가 더 빠르다는 사실을 알았다. 특히 침대에서는 더욱 그랬다. 그렇다. 나는 어제 그녀를 처음으로 안았다.

아마 내가 그녀와 헤어지지 못하는 이유는 끈적끈적한 점

액질 같은 성욕에 대한 도취와 미련이라기보다는 그 순간순간이 주는, 나와 같아져 가는 그녀에 대한 일치감이 주는 환희, 그 환희의 순간순간이 주는 나에 대한 긍정과 의미, 생에 대한 감사함, 그로 인하여 밤을 새울 것처럼 고뇌하는 즐거운 상념이 이유인지도 몰랐다.

　나는 그녀와 침대에서 사랑을 나눌 때에는 그 일 때문에 그녀와 헤어지지 않을 것이라는 확신을 가졌고 카페나 공원에서 이야기에 빠졌을 때에는 그녀와의 대화 때문에 그녀와 헤어질 수 없다고 생각했다. 나는 일주일에 두 번 이상 그녀를 만났다. 만날 핑계는 얼마든지 있었다. 비가 오면 비가 온다는 이유, 바람이 불면 바람이 분다는 이유…. 심지어는 스포츠 신문에서 본 새로 나온 유머를 들려주고 같이 웃어야 한다는 이유…. 예쁜 사진엽서가 있으면 함께 제목을 지어야 한다는 이유로도 만났다.

　어느 주말에, 그녀가 내 집에 놀러 오겠다고 하였으나 단호하게 거절한 적이 있었다. 그녀는 백치처럼 상처 입은 표정을 보였다. 이미 그녀는 성적인 순결을 내게 침범당할 것을 걱정하는 것 같지는 않았다. 하지만 나는 그래도 그녀를 지켜 주고 싶었고 그녀가 한 번 더 재고할 수 있는 시간을 주어야 한다고 생각하여 조심스럽게 물었다.

"밖에서는 우리 행복하지 못한가?"
"아니요. 그저 자유롭지 못할 뿐이니까요."

그녀와 나는 스무 살 차이가 난다. 내가 매우 젊어 보이는 얼굴을 선천적으로 가졌기는 하지만 어디에 가든 이상한 눈빛을 외면하지는 못한다. 우리도 그것을 인식하고 있어서 사람들이 별로 없는 카페의 어두운 곳이나 차 안에서 얘기하는 것을 좋아한다.

밖에서 자유롭지 못하다면… 내 집에서는 자유로운가?

나는 그녀가 대답하기 아주 곤란한 질문을 했다는 것을 잘 안다. 사람들이 죄라고 하면 죄이고 죄가 아니라고 하면 죄가 아닌가? 죄라는 인식은 나의 내면에 있는가? 아니면 사람들의 인식에 있는가?

이러한 질문에 대해 아직 나도 결론을 내리지 못했다. 그런데 그녀에게 우리 행위의 결론을 미루다니. 나는 매우 나쁜 남자인 것 같다. 그녀가 원하는 것이 밀실의 잠자리가 아니라 편안한 자유임을 난 너무나 잘 알고 있는데, 그렇게 말을 짓궂게 하다니. 좋은 잠자리를 원한다면 나처럼 나이 많은 남자보다 더 좋은 혼처가 있는 그녀가 왜 나와의 자유를 원하겠는가. 이러한 상념으로 그녀를 똑바로 보지 못하고 돌아선다.

"아니에요. 그냥 해 본 말이에요."

그녀의 얼버무리는 모습이 등 뒤에 있지만 어쩐지 처연할 것 같다. 벽은 그렇게 우리에게 사람들의 편견에서 자유를 준다. 다른 사람들의 눈을 피할 수 있는 자유. 거기에서 나오는 우리 내면의 자유는 더 커진다. 그러나 어디까지나 생각은 자유로운 것.

난 사실, 지금 내 나이에 단순히 그녀가 필요한 것인지 아니면 그녀를 진심으로 사랑의 열병을 앓고 있는지 알 수가 없다. 그리고 그것을 따져 본 적도 없다. 이 세상에 어떤 남녀도 반드시 만나야 한다거나 절대로 만나지 말아야 한다는 법칙 같은 것은 없다. 그러한 자연법칙은 존재하지 않는다. 그건 단지 OX 퀴즈로 상금을 받는 TV 프로그램 같은 곳에서 제시하는 인위적인 공식에 지나지 않는다.

"내가 왜… 당신이 좋은지, 내가 왜… 당신을 만나는지 당신은 아세요?"
"그럼. 알고 있어."
"하하. 뭔데요?"

"글쎄. 처음에는 나도 몰랐는데…, 아니 지금도 우리가 만나는 이유를 딱 꼬집어 말할 수는 없지만, 우리는 서로 강하게 끌리니까."
"저번에 그 노인의 말을 기억하나요?"
"그럼. 하지만 난 그런 미신을 별로 믿지 않아."

윤정은 궁합을 봐 준, 길거리에 점포를 놓고 앉아 있던 어떤 노인을 말하는 것이었다. 그 노인은 윤정의 적극적인 모습에 우리 관계를 눈치챘는지, 사실인지는 모르지만 이렇게 말했다.

"여자는 물이고 남자는 불이구먼. 두 사람은 일단 한번 만난 이상 죽기 전에는 헤어지지 않는다오. 서로 같은 풀밭에서 살지만 서로의 먹이를 절대 탐하지 않는 형국이지. 자네들의 궁합이 바로 오옴(완전함)이구먼."

나는 그렇게 단호한 확신에 감동을 받았다. 나 역시 나이만 늙었을 뿐 사랑 문제에선 귀가 얇은 어린애에 지나지 않았다. 어떤 위인의 말보다 우리를 통하게 하는 힘을 나는 그때 느꼈다. 물끄러미 그녀의 호기심에 끌려 얌전하게 앉아 있는 내가 자세를 바꾸며 그녀의 모습을 장난스럽게 바라보았을 때, 그녀도 나의 눈을 바라보았다. 그녀는 감동한 표정이었다.

복채는 오천 원이었지만 나는 만 원을 주려고 했다. 그러나 노인은 한사코 오천 원을 돌려주었다. 우리는 그 후, 그 자리에 있는 노인을 다시 찾아갔지만 자리를 이전했는지 찾을 수가 없었다.

그 노인의 말이 아니더라도, 우리는 체질상으로도 양과 음의 조화를 느낄 수 있었다. 나는 천주교에서 일찍이 세례를 받은 그리스도인이었지만 순접과 역접이 교차하는 세상 속에서 오옴 이론에 대해 깊이 감동하고 있었다. 그녀는 몸이 찼고 나는 몸이 더운 편이었다. 그녀는 여름에 태어났고 나는 겨울에 태어났으며 그녀는 낮에 태어났으나 나는 밤에 태어났다.

그 외에도 허울 좋은 퍼즐의 한 부분처럼, 우리는 반대이면서 합치면 완전해지는 놀라운 무언가를 계속해서 함께 체험하고 있었다. 그것이 어쩌면 사람들이 말하는 인연인지 몰랐다.

"우와, 궁합만 맞아도 어딘데, 오옴이라네."
"그러게요."

그녀는 얼굴이 귀밑까지 빨개지며 말했다. 나는 그녀와의 나이 차에서 오는 정신적 차이를 별로 느끼지 못했다. 그녀의 정신연령이 꽤 높았던 까닭이다.

 때때로 나는 그녀로부터 깊은 모성애를 느끼곤 했다. 그것은 다른 여자에게는 그동안 느껴 본 적이 없는 감정이었다. 그녀의 목은 오늘따라 모딜리아니의 그림에서 나오는 여인처럼 길어 보였다. 턱밑의 능선을 따라 깊게 뻗어 내려가다가 굴곡이 점차 높아지고 있는 그녀의 젖가슴, 짙은 적갈색 유두 둘레로 작은 점들이 분화구처럼 어지러운 돌기를 이루며 융기된 정점을 향해 솟구쳐 있는 모습이 내 눈앞에 고혹스럽게 다가왔다. 그녀의 목에 걸려 있는 작은 진주 구슬이 흰 블라우스 레이스 사이에서 그녀를 더 우아하게 느끼게 해 준다. 내가 아무리 심한 갈증으로 흡착판처럼 매달려도 좀처럼 해갈되지 않을 샘처럼, 갈급한 숨결과 타액들이 그 위에 무수히 덧칠해져도 끝나지 않을 영원의 샘처럼, 그녀를 향한 욕망의 두께는 하루가 지날수록 한층 더 깊어만 간다.

 "당신과 이렇게 편안히 누워 있으니까 너무 좋아요. 전요. 아침이면 당신 곁에서 눈뜨고 마주 바라보며 웃고 얘기하고 그냥 그렇게 살고 싶을 뿐이에요. 그거 욕심일까요?"

 나는 그 말까지 듣고 나서 자리에서 일어나 베란다로 나갔다. 그리고 담배 한 개비를 뽑아 불을 붙여 입에 물었다. 그렇다. 그녀의 꿈은 아주 작고 소박했다.

그녀의 부모님을 설득하는 일은 그녀보다 나이가 많은 노총각인 내가 지금 넘어서기에는 너무나 큰 산이었다. 그리고 그녀는 지금 결혼 적령기에 있었다. 그러고 보니 현실적으로 생각해 보면 그녀의 꿈이 결코 작고 단순한 것은 아니었다. 그것은 나는 줄 수 없는 것이기에 우리가 현실을 탈피하지 않는 한 그녀에게 모든 상실을 의미하는 것이었고 내가 강요할 수는 없는 너무나 슬프고 커다란 벽이었다. 내가 얼마든지 충분히 노력하면 만날 수 있고 안을 수 있는 여자가 아니었다. 함께 아이를 가지고 기념일에 꽃으로 환심을 살 수 있는 여자가 되기에 윤정과 나의 상황은 이미 너무 어렵게 되어 버렸다.

그렇게 좋은 약혼자가 있고 잘난 그녀가 왜 나같이 가진 것 없고 나이 많은 작가 나부랭이에게 빠져 버린 것일까. 나는 그녀에게 정말 최악의 남자였다. 그녀를 생각하면 자기감정 하나 조절하지 못하는 그녀의 모습이 한심하다는 생각이 들었다. 그리고 그 생각은 내게로 이어졌다. 한심한 여자, 나 같은 남자를 사랑하다니. 나 역시 그런 한심한 여자를 만나는 한심한 남자일 수밖에 없었다.

누군가 산을 왜 오르냐고 물으니 산이 거기에 있어 올랐을 뿐이라고 대답했다고 했다. 어쩌면 가장 한심한 모습이 가장 합리적 모습일지도 모른다는 생각이 들었다. 내 인생 종착역을 향하여 가는 길목에 사랑이라는 이름으로 마치 손을 들어 택시를 세우듯, 운정은 그렇게 합리적이고 단순한 방법으로 내 인생에 올라탔다.

그래…. 이번이 마지막으로 만나는 거야. 그녀의 앞날을 봐서라도 나이 많은 내가 매몰차게 돌아서야지. 다시는 만나지 말자고 해야겠다.

우리는 서로 몇 번이나 그렇게 다짐하며 이별을 했다. 우리는 헤어지면서 서로 미워하고 증오하자고 약속했고 돌아보지 말아야 한다고 머리를 맞대어 울었으며, 한없이 서로 울면서 죽어서도 우리가 서로가 없이 살게 될 상처받은 나머지 생에 대해 복수하기로 했다.

"이제 지긋지긋해요. 이런 감정의 행로는…."
"그래. 우리 이제 헤어지는 거야. 무슨 일이 잘못될 때마다 날 탓하기로 해."

그러나 돌아서면 그립고, 그래서 끝내는 다시 만났고, 만나면 만났다고 서로를 뜨겁게 안았다. 그녀의 행복을 위해 나는 그녀가 나를 완전히 잊게 해 주어야 했다. 하지만 나는 그녀가 정말로 나를 잊을까 봐 사실은 너무나 겁이 났다. 그래서 그녀와 늘 만나던 그녀의 회사 앞 카페에서 그녀가 지나가기만을 기다리고 있었다. 그녀는 언제나 퇴근길에 그 카페의 문을 어김없이 열어젖히고 눈으로 나를 찾았고 내 앞에 앉아 "오늘 점심은 뭘 먹었어요?"라고 물었다. 우리는 식사를 하고 함께 걸으면서 언제 헤어지자고 했냐는 듯이 과거를 묻지 않고 따뜻한 시간들을 보냈다.

커피숍의 테라스 테이블에 차 한 잔을 두고 그녀는 나를 걱정했다.

"당신, 너무 피로해 보이네요."
"조금만 더 있다가 헤어지기로 하자. 지금은 내가 감당하려니 두통이 오네. 어때?"

그녀는 고개를 끄덕였다. 그렇게 우리는 다시 만났고 차 안에서 우리의 입술은 뜨겁게 부딪혔다. 우리의 입맞춤은 그렇게 세상에서 가장 뜨겁고 아름다운 사랑의 인사였다.

나는 결코 그녀를 더듬지도 만지지도 않았다. 나의 성욕은 오직 그녀가 필요로 할 때만 존재했다. 그녀가 나의 셔츠의 구멍을 풀고 알몸이 되어 내 목을 끌어안을 때까지 나는 수동적이었고 가만히 있었다. 왜 그렇게 되었는지는 나도 잘 모르겠다.

입맞춤 속에서 나는 오직 기도했다. 그녀가 어느 날 문득 이런 나의 복잡한 마음을 모두 외면하고 떠나 버리면 어떻게 될까. 내 곁에서 갑자기 사라져 버릴까 봐 엄마를 잃은 아이처럼 두려워졌다. 그것이 바로 내가 내 자신을 경멸하지 않을 수 없는 이중성 같은 것이었다.

내 나이 쉰. 윤정은 서른. 바로 어제 같은데 흘러가는 것이 세월이다. 서른 살의 나에 비해 더 어른스러운 윤정의 운동화 끈을 묶어 주며 나는 내 나이 서른이 되던 그해, 겨울의 끝을 떠올렸다.

내가 그의 이름을 불러준 것처럼
나의 이 빛깔과 향기에 알맞은
누가 나의 이름을 불러다오.
그에게로 가서 나도
그의 꽃이 되고 싶다.


- 김춘수(1922-2004)의 〈꽃〉

# 2.
# 꽃

나는 그녀의 열 번째 남자였다. 그리고 그녀는 수 번의 낙태 경험으로 불임증을 고민하지 않는 여자였다. 어쩌면 여자로서 가장 치명적인 것임에도 불구하고 그녀는 거의 그것을 잊고 살았다. 그러나 그런 그녀를 난 사랑하였다. 바닷물의 요동이 바위섬에게 고통이 아니듯, 자다 일어나 잠시 그녀가 자리를 비웠을 때면 마음이 허전하고 쓰러지듯 언제나 나는 그녀를 사랑하였다.

그녀는 참으로 감정이 풍부한 여자였다. 논두렁에 피어난 잡초가 말라 죽어 있는 것을 보고도 슬퍼하였고, 잠시 쉬었다 갈 곳 없어 빈 하늘만 빙빙 도는 새들만 봐도 안타까워하였으며, 사람들이 의미 없이 내뱉는 말들에도 가슴이 갈기갈기 찢어질 만큼 쉽게 흔들리는 여자였다. 이리저리 흔들리고 주저 없이 생각의 날개를 달아 놓았으며 구속과 압박을 싫어했고 고요와 충돌을 계속했지만 나에게는 꽃 같은 존재였다.

나는 윤정을 보면서 그녀를 떠올리고 있었다. 그녀를 보면 세상은 망할 것 같지 않았다. 세상의 모든 걱정을 풀 것처럼 지혜롭게 느껴졌다. 그런 그녀는 나와 상당히 닮았음에도 많은 부분을 접할 수 없었다. 그렇게 다른 인간 같으면서도 같은 인간들이 사랑을 하였다.

서로 공유의 시간은 한계가 있었다. 영원은 아예 처음부터 없는 거였다. 우리는 그것에 대해 서로를 탓하지 않을 것임을 알고 있었다. 그러나 그것은 거짓말이었다.

내가 그녀를 만난 건 어느 겨울이 끝날 때쯤이었다. 삶에 지쳐 있었고, 그녀도 삶에 지쳐 있어 새봄을 맞이하기에 이미 너무 가슴이 허하여 찬바람만 폐부에 가득 쌓여 있을 때였다. 세상에는 좋은 것이 없었다. 자다 일어나고 자다 일어나는 무거운 권태만이 그들 세상을 지배하고 있었다. 아니, 그들은 지배당하고 있었다.

유난히 눈이 많은 겨울이었다. 그러나 그게 좋을 리 없었다. 조금만 미끄러워도 짜증이 났으며 눈 온다고 좋아하는 사람들의 목소리가 괜시리 역겹기도 했다. 그러나 이제 그 겨울은 시시콜콜한 과거가 되어 버리고 말았다.

주위는 온통 시끄러운 기계음에 혼란스러웠다. 네 모퉁이에서 흐르는 음악이 넓은 바를 뒤흔들어 놓았다. 사람과 사람과의 대화를 전면적으로 차단해서 노골적으로 흐르는, 당시 인기 좋은, 댄스곡이었지만 이미 그 분위기는 너무나 자연스러운 공간이었다. 각 테이블에 길쭉한 통 넓은 맥주병들이 음악과 사람들의 움직임에 미동하는 것이 보였다. 주위는 어두

웠고 이리저리 불빛만이 돌아다니고 있어서 슬라이드가 지나가듯이 토막토막 끊어져 보이곤 했다.

나는 쉬지 않고 맥주 한 컵을 들이켰다. 입으로 들어가다 실패한 맥주 한 줄기가 뺨을 지나 목으로, 그리고 몸통으로 스르르 감겨 들어갔다. 등줄기가 오싹한 것을 느끼기에도 너무 취해 있어 뺨 위에 한 줄기 길을 터놓은 맥주 찌꺼기조차 닦아낼 생각이 별로 없었다.

모두가 자신들의 용무에 바빠 술 한잔 따라 줄 사람 없는 것을 안 나는 글라스에 술을 따라 보려고 하였으나 초점이 잘 맞지 않았다.

에효, 뭐 같은 세상. 나는 내가 뇌까리고 있는 말들에 흥미가 없었다. 그건 당시 나의 마음을 가장 잘 대변한 말이었다. 세상은 지금 내가 귀찮은 존재인지 내게 세상이 귀찮은 존재인지 알 수 없었다. 패배라고 말하면서도 난 절대로 그렇지 않다고 주장하고 싶은 생각만이 자리 잡고 있을 뿐이었다.

"이봐, 더 마셔. 오늘같이 좋은 날이 우리 인생에 또 있겠냐."
"인마, 기분 내지 마."

"왜 그래. 이런 날 기분 내고 술 좀 먹겠다는데."

진눈깨비 날리는 졸업식장에서 나는 졸업장 대신 대학 수료증을 받았다. 내가 다닌 4년제 대학은 8차 학기 수료증 하나 뱉어 낸 게 전부였다. 4년간 지루한 학교생활과 정비일을 배우고 정비공으로 일한 생활고로 인한 5년의 휴학 생활, 집시법 위반으로 교도소에 다녀온 1년까지 나에게 그저 남은 건 상처와 지루함들뿐이었다.

옛날 일이 한꺼번에 떠올라 머릿속에 꽉 찼다. 대학 문예창작학과 입학식 날 친구들과 반가움에 마시던 술이며, 나를 기다리며 본관 건물 1층에서 우산을 들고 기다려 주던 멋진 여학생. 소주 한 잔에 인간과 앞으로의 생에 대해 고민하며 쓰고 발표하던 방황을 거듭해 온 그 활기찬 많은 시간들은 교도소와 병으로 썩어 버린 세월들과 박박 찢어 버린 수료증을 대학 연못에 쑤셔 넣고서야 서른이라는 터널에 종착한 것이었다.

나는 남아 있는 술을 입에 확 털어 넣고 벌떡 일어섰다. 배만 부른 것 같았다.

"야, 나도 춤이나 추련다. 춤이나 추자, 친구들."

나는 동기들이 그런 기분이 아님을 알면서도 그들을 추켜세우며 밀었다.

"그래. 그러자."

모두 일어나 홀에 나가 춤을 추었다. 되는 대로 가누었다. 타다 꺼질 촛불이 마지막 몸부림으로 살고 또 살고 그러듯이 남보다 더 적극적으로 추었다. 몸은 온통 땀이었지만 그냥 미친 듯이 춤을 추었다. 한때의 폭풍이 지나가고 난 후의 편안함이란 이런 무력감일까.

홀 안은 곡이 바뀌어 부드러운 음악으로 채워졌다. 사람들은 다시 몰려들 폭풍의 시간을 기약하며 자리로 돌아가 휴식을 취했다. 아주 노랗고 붉은 조명이 홀 안을 가득 메워서 다른 빛이 뚫을 수 없을 정도였다.

"야, 근데 너 이제 뭐 할 거야."
"나도 몰라. 내 염려 말고 넌 그 좋은 직장 잘 다녀."
"짜식, 그러기에 왜 그렇게 나서냐. 총장이 주는 준법서약에 사인만 했어도 졸업장 줬을 텐데. 멍청한 자식."
"뭐라고?"

난 화를 벌컥 냈다. 불빛이 벌겋게 달아오른 나를 보호하고 있었다.

"야, 왜들 이러냐. 좋은 날 서로 만나서…. 그리고 너 안 늦었다. 다시 시작하면 되지. 작가 되고 싶은 놈이 사실 졸업장이 뭐 그리 중요하냐."
"그래. 졸업장이 대수냐. 넌 너대로 잘 살 건데. 명분 없는 삶 아니었어?"
"그래. 현식이, 대성이밖에 없네. 난 너희들 하나도 안 부럽다. 난 그냥 너희랑 길이 달라."

난 많이 취해 있었다. 말은 그대로 하고 있었지만 내가 지난 십 년을 제정신으로 산 건지, 이대로 일반 삶의 궤도에서는 영영 멀어지고 마는 건지 자신에게 의구심이 들었다.

집시법 위반으로 여름 동안 한파가 몰아치던 그해, 나는 앞에 서 있었다는 이유만으로 실형을 먹었다. 학생회 간부로 일해 오다가 가두시위에 재수가 없으려니까 모범 케이스로 연행되었다. 사실 딸려 갔다는 표현이 맞을 것이다. 불법 집회와 폭력 사용에 대한 집시법 위반 혐의였는데 그 일 후, 더욱 열렬한 투사가 되었음은 말할 것도 없다. 권력의 횡포를 코앞에서 지켜봤기 때문이다.

"그나저나 너, 군대는?"

"가야 할 것 같아."

"간염은 어때? 실형보다 너 그걸로 휴학하고 입영 연기 계속 해 온 거잖냐."

"다 나았지. 내가 걸린 간염은 전염 문제가 없어서 군 생활에 지장 없다고 하더군."

"큰일이네. 너 벌써 서른이지?"

"야, 그 나이에 군대 가면 그 설움을 도대체 누가 다 알아주냐?"

"설움이야 밖의 세상보다 덜하겠지."

"그래. 시름은 오늘 벗어 버리고 술이나 먹자. 건배!"

그들은 술잔을 부딪혔다. 쨍하는 소리가 날카롭게 흩어졌다. 술맛은 제각기 다른 것이었다. 그들이 살아 낸 세월이 다르듯 그 술맛은 모두 달랐고 속으로 삭이는 아픔도 제각각 달랐다.

어느덧 음악이 바뀌고 기다렸다는 듯이 홀 안은 젊은이들로 붐볐다.

"야. 오늘 말만 해. 너 숙맥인 거 나 다 안다. 내가 오늘 다 시켜 줄게."

혀가 꼬인 한 친구가 말했다.

"뭐라고?"
"인마, 사회생활 선배로 내가 오늘 너 책임져 준다고."
"그래?"
"이건 어떠냐?"

그가 새끼손가락을 치켜올렸다. 나는 건성으로 대답했다.

"자식, 뭐라는 거야. 너나 해라."

나는 그 당시 더 이상 춤추기도 힘들 만큼 술에 절어 있었다. 나는 방금 친구의 행동이 뭐가 우스운지 따라 웃었다. 그런 분야에서는 숙맥이기는 했으나 친구의 덕을 보고 싶진 않았다.

나는 방금 친구가 한 대로 똑같이 새끼손가락을 들어 보였다. 그러다 한 여자와 눈이 마주쳤다. 사르르 하고 전신에 소름이 돋았다. 얼마 안 있어서 그녀가 내게로 걸어오고 있었다. 매우 젊어 보이는 여자였다. 느낌이 있었다. 무언가 통하는 느낌. 순간 발달한 육감이 그것을 잡아내고 있었다.

"나, 그쪽 안 불렀는데."
"그냥 온 거예요."
"그냥?"

그녀의 표정은 웃고 있었지만 화장을 진하게 한 눈가는 슬퍼 보였다.

"술 한 잔 줄래요?"

나는 술을 한 잔 따라 주었다. 아직 취해 있어 손이 덜덜 떨렸다. 컵을 받치고 있는 그녀의 미미한 손 떨림을 느꼈다. 그녀도 많이 취해 있다고 확신했다. 하지만 왠지 싸구려는 아닐 거라는 생각이 들었다.

그녀는 단숨에 잔을 비웠다.

"내게 왜 온 거요?"
"그냥요. 전, 지금 아주 무척이나 외롭거든요."
"취했군요. 어서 마시고 가요."
"그럴지도 모르죠. 사람이 취하면 솔직해질 수 있는 거 아닌가요."
"하지만 우린 서로 모르고 난…."

"그냥 같이 있어 주세요. 그게 다예요."
"그래도 난…."
"날 미친 여자로 보는 건가요?"
"그럼 묻겠소. 진심이지요?"
"네."
"그럼 이만 일어납시다. 여긴 시끄러워서 견딜… 수가 없군요."

　내가 일어서자 그녀는 나를 따라나섰다. 생각해 보니 친구들에게 가겠다는 말도 없이 자리를 털고 일어섰다. 그녀와 술집을 나왔다. 밖은 낮에 내린 진눈깨비가 어둠을 몰아내고 달에 부서지고 있었다. 바람은 옷조차는 우습다는 듯이 살결을 얼리고 있었다.

"이름이나 압시다."
"지영이요."
"지영 씨. 그 이상은 묻지 않겠소."
"당신은 이름이 뭔가요."
"이지환이요."
"저도 더는 묻지 않을게요."

　그녀는 어느새 내게 팔짱을 꼈다.

"우리 이대로 서울 시내를 좀 걸어요."

그녀는 추운지 몸을 떨었다. 시간이 늦었는데도 불구하고 종로에는 많은 사람이 있었다. 버스는 이미 끊겼는지 택시들이 경주마처럼 아스팔트 위를 달리고 있었다.

"이 많은 사람들이 뭘 하는 걸까요?"
"방황…하는 거겠지요."
"방황? 갈 곳이 있으면 방황이 아닌 거 아닌가요?"
"글쎄요. 그냥 외롭게 거리를 걷는 그 자체가 방황 아닌가? 지영 씨는 아닌가요?"
"지환 씨는 지금 외로운가요?"
"아니, 난 좌절하고 있을 뿐이라오."
"왜요?"
"더는 묻지 말아 줘요."
"아, 참. 그랬죠."

그녀는 잠시 팔짱을 풀고 핸드백에서 담배를 꺼냈다. 라이터 불이 심한 바람에 흔들렸다. 나는 그녀에게 손을 내밀었다.

"나도 하나 주시오."

나는 담배에 불을 붙여 빤 다음 라이터를 그녀에게 돌려주었다. 종각으로 올라가는 길은 아까보다는 한적했다. 이따금 연인으로 보이는 사람들이 함께 몸을 움츠리고 지날 뿐이었다.

"지영 씨, 집에 들어가야 하지 않겠어요? 너무 늦었는데요."
"안 묻기로 했잖아요."
"피차 그랬던가요."

  나는 피식 웃음이 나왔다. 찬 바람을 맞으니 그간 몸에 있던 알코올이 어디론가 다 날아가 버린 것만 같았다. 그녀 또한 아까의 홍조는 말끔히 사라지고 없었다. 나는 그냥 작은 소리로 내 취기 어린 넋두리를 시작했다.

"사실은 오늘 대학 졸업식이었어요."
"그래요? 축하합니다."
"말이 졸업이지 졸업을 못 했답니다."
"저런."
"그 이상은 아무것도 없어요. 동기들이 나 축하해 준다고 와서 술 마시러 간 건데, 왜 이리 내 자신이 패배자 같은지."
"패배자에 대한 기준, 그거 남이 준 건가요? 지환 씨 자신이 준 건가요?"

"글쎄요."

"시대에 따라 기준이 다르죠. 지금 시대에 조금 가산점을 잃었다고 패배자라니, 한심하시네요."

"아… 그건…."

"그래서 절망하시나요? 자기 자신에게 집중해서 들여다보셔도 후회되시나요?"

"절망? 다른 사람이 보기에도 내 절망이 느껴질 정도인가? 그런데 이상하죠, 지영 씨? 후회가 안 되고 있으니 이 무슨 조화요."

"후회하지 않는다면 자신에게 떳떳한 거 아닌가요?"

"그렇지가 않다오. 후회는 안 되지만 떳떳하지도 못하고 나 자신을 합리화하는 것도 역겹고. 여하튼 기분이 엉망이라오."

우리는 어느새 종각 옆을 지나고 있었다. 멀리 이순신 장군의 늠름한 모습이 보였다. 우리는 밀착된 자세로 걷고 있었는데 둘 중 어느 누구도 어색해하며 자세를 바꾸려 들지 않았다.

"아, 바로 이 종이 새해를 알리는 그 종이군요."

"밤에 불빛 아래에서 보니 영험하군요."

"서른 먹도록 이 종 볼 여유도 없었다니, 난 뭘 하고 살았는지 모르겠네요."

"지금 봤으면 되었죠. 참 느낌이 좋은 종이군요."

"그렇죠. 시작은 그 무엇보다도 아름다운 거요. 이 좋은 시작을 의미하니까."

  우리는 시청 쪽으로 길을 잡았다. 보도블록 위의 눈은 다른 곳에 비해 깨끗이 치워져 있었다. 누군가 우리를 위해 이렇게 깨끗한 길을 만들어 놓았다는 사실에 마음에 한 줄기 빛이 들어오는 것만 같았다. 화려한 빌딩들이 휑하니 서 있었고 그 사이마다 몰아치는 겨울바람은 세찼다.

"몇 시쯤 되었나요?"

  손목시계를 들여다보며 내가 말했다.

"벌써 두 시예요. 이제 지영 씨 집에 바래다줄게요."
"오늘 밤은 함께 있을게요."
"나와? 무엇 때문에?"
"지환 씨랑 있으면 우리 서로 외롭지 않을 것 같아서요."
"진심이요?"
"예."

  우리는 서울역 근처 여관에 같이 들어갔다. 한방에서 같은 이불 속에 눕게 되자 어느새 나도 모르게 그녀의 입술을 찾고 있었다. 입술이 부르트도록 깊은 키스를 하였다. 살과 뼈가 부서지게 서로의 몸을 끌어안았다. 나는 그녀를 더듬기 시작했고, 나는 뜨거운 몸을 간직한 채 정신없이 깊은 잠에 빠져들었다.

햇살이 창문을 통해 방 안으로 쏟아지고 있을 때 그녀 대신 메모 한 장만이 남아 있었다. 지난밤에 알몸으로 잠든 것 같은데, 나는 옷을 모두 입고 반듯이 누워 있는 것을 발견했다.

생각날 때 연락 주세요. 012-000-0000. -지영

# 3. 한강 일기록

감잎차 한 잔이 그리운 시각, 철교 저편에서
횃불을 치켜든 사내가 불을 뚝뚝 흘리며
내 잠 속으로 달려든다.
진종일 하늘은 때아닌 병을 얻어 앓아눕더니만
뒤에는 산발한 여인의 모습으로 수양버들이 떨고 강이 살아서
꿈틀거리기 시작한다.
새로 두 시에서 세 시 사이,
사면에 축복처럼 내리는 비, 아아 그 빗줄기여.

지영과 헤어진 나는 햇살이 좌충우돌하는 서울 시내 한복판에 노숙자처럼 서 있었다. 앞으로 뭘 해야 할지 구체적인 것 하나 없이 단지 각오에 지나지 않는 문구만이 머릿속을 돌아다녔다.

후퇴하면 안 돼, 후퇴하면 안 돼.

공허한 메아리로 양손을 주머니에 쑤셔 넣고 몸을 움츠렸다. 이제 어딘가에 풀어 놓은 나의 곤색 넥타이는 이미 나의 것이기 틀렸고 부스스한 맘보다 피로한 육체가 남아 있을 뿐이었다.

나는 집과 같은 정비소를 생각했으나 곧 오산임에 생각을 걷어 냈다. 설령 정비소에서 나를 받아 준다고 해도 상호 간의 상처는 너무 깊었고 그것을 지금으로선 극복할 엄두가 나지 않았다. 결국 나는 요 몇 달간 총무로 숙식을 제공받던 독서실로 발길을 잡았다.

그곳은 내겐 얼마 안 되는 돈과 조금이나마 공부할 공간을 주는 곳이었다. 서울역을 지나 버스를 타는 곳을 나는 그냥 계속 지나치고 걷고 있었다. 조금 더 걷고 싶었다. 걸으면서 희미한 옛사랑의 추억처럼 내 입술을 만지며 어제 기억을 애써

되짚어 보았다.

 그 여자는 뭐지? 술 때문에 아마도 즉흥적으로 실수한 거겠지. 아마도 그랬겠지. 그런데 내 옷을 다 입혀 놓은 건 뭐람. 무슨 엄마도 아니고…. 그리고 그 쪽지는 또 뭐야.

 나는 마음이 뒤숭숭했다. 그러나 그녀를 다시 만날 용기가 당장 있는 건 아니었다. 그저 어제의 아름다운 추억일 따름이었다. 무작정 그녀를 안았지만 그녀가 처녀인지 유부녀인지도 몰랐고 그런 것을 떠나 그에게는 첫경험이었다. 소년인 양 부끄러웠다.

 나는 용산 미군기지를 지나 터벅터벅 걷고 있었다. 지금 내가 그녀에게 무얼 어떻게 하는 건 그녀에게 어떤 도움도 아니라는 걸 알기 때문에, 그녀는 뇌리에서 지우기로 했다. 한강다리를 다 건너온 나는 노량진에서 신림동을 향하는 버스를 타기 위해 정류장에 섰다. 버스를 타고 지나는 창밖으로 63빌딩이 등 뒤에서 햇빛에 반짝여 더 노랗게 보였다. 한강 물은 푸르러 하늘과 구별도 안 되었고 물속에서 누군가가 손짓을 하는 것만 같았다. '이대로 죽어 좌절과 고통을 덜자.' 나 하나 죽는다면 당장 그렇게 했겠지만 나를 낳아 준 부모님 얼굴이 떠오르자 차마 그럴 수는 없었다.

그래. 지금은 아니다.

버스에서 내려 독서실 골목으로 발길을 옮겼다. 2층 독서실로 터벅터벅 올라가 커다란 유리문을 열고 들어가자 주인아주머니가 따뜻한 기운이 얼굴에 다 닿기도 전에 쏘아붙였다.

"이봐, 아저씨. 이럴 수 있는 거야? 연락이라도 줘야 도리 아니야?"
"어제, 졸업식 있어서 하루 빼 달라고 말씀드렸잖아요."
"그래도 그렇지. 지금 몇 시야? 아저씨 없으면 누가 여기 지켜. 내가 지킬 거면 아저씨를 여기 왜 앉혀 놓겠어."
"죄송합니다."
"일없어요. 다른 사람 구했으니까 짐 빼세요."
"아주머니, 그런 게 어딨습니까."
"어딨긴. 아저씨 몰랐나 본데 내가 다 들었어. 밤 되면 매일 독서실에서 술 한잔 먹고 있고 그런다면서요. 공부하는 애들 안 보여요? 양심 있으면 가슴에 손 얹고 처신해야지."

나는 어찌할 바를 몰랐지만 이미 대세는 판가름 난 거였다. 앞길이 깜깜했지만 더 이상 여기서 내가 할 수 있는 선택이란 없었다.

"알겠습니다."

짐을 정리하는 뒤로 주인 여자가 흰 봉투를 주며 말했다.

"아저씨, 이번 달 월급이에요. 오늘까지 쳐서 20만 원 넣었어요."

나는 그 봉투를 허름한 양복 안주머니에 집어넣었다. 그리고 짐을 들고 독서실을 나왔다. 오른쪽 주머니 속에 그녀가 준 쪽지가 굴러다니고 있었다. 갑자기 어제 그녀의 얼굴이 떠올랐다. 빤히 바에서 쳐다보던 그 눈빛이.

그녀에게 전화해 볼까. 선뜻 용기가 나지 않았다. 하지만 배가 너무 고팠다. 늘 가던 식당에 앉아 순댓국을 시켜 한 그릇 먹고 난 나는 야릇한 긴장감으로 식당 한구석 공중전화로 가서 호출을 했다. 얼마 안 있어 식당으로 전화가 걸려 왔다. 나는 직감적으로 조용한 식당에서 울리는 전화가 나를 향해 그녀가 걸어 준 것임을 느꼈다.

"여보세요."
"호출하신 분 누구시죠?"
"안녕하세요. 접니다."

"누구시죠."

"아침에 먼저 가셨더라고요. 혹시 제가 호출해서 폐가 되었나요?"

"아니에요. 날씨가 많이 춥죠?"

"지금 밥 먹어서 조금 괜찮네요."

"그런데 왜 그렇게 목소리가 떨려요. 거기 어딘가요?"

"그건 중요하지 않아요. 그냥 식당이에요. 나 오늘 해고당했어요."

"저런. 지금은 제가 일하고 있으니 저녁에 만나죠."

"아니 꼭 만나겠다는 것이 아니라, 한 가지 물어보고… 싶어서요."

"물어보세요."

"어제, 진심이었나요?"

"그런 거 같아요."

"그럼 되었어요."

"잠시만요. 해고당하셨다면서요. 이따 어제 그 종각 앞에서 6시에 만나요."

"그럼 나는 좋지만."

"꼭 오세요. 지금 제가 너무 바빠요. 그럼."

전화가 끊어졌다. 나는 슈퍼에 가서 술을 한 병 샀다. 배는 불렀지만 술은 또 따로 들어갈 수 있을 것 같았다. 종각역으로 가기에 앞서 여의도 선착장 앞으로 발길을 돌렸다. 나는 가방을 들고 한강 변으로 나아가 가방 위에 앉았다. 돌계단은 뼛속까지 차가웠다.

  하늘 위의 구름을 바라보았다. 그리고 한강 위에 떠 있는 듯한 빌딩들을 차례대로 훑어보았다. 아름답다. 하지만 모두가 계약적이고 가상적인 연극 같았다. 사회주의, 그건 너무 먼 이야기였다. 미륵의 왕림이 56억 년 뒤에 온다는 것과 다를 바 없었다. 꺾이지 않는 들꽃이기에 세상의 바람은 너무나 강했다. 나는 차가운 벤치에 누웠다. 꿈도 없는 추운 잠을 깜빡 자고 일어나자 세상은 어둑어둑해져 있었고 6시가 되기 10분 전이었다. 그녀가 기다리고 있을 거라는 생각에 나는 택시를 잡아탔다. 퇴근길이라 밀리고 있었다.

  나는 6시 10분이 되어서야 종각역 앞에 도착할 수 있었다. 나는 주위 사람들을 무섭게 탐색하다가 한쪽 갓길에 팔짱을 끼고 두리번거리고 있는 그녀를 보았다. 어젯밤에 내 곁에 누워 주었던 그녀가 아직도 나를 찾고 나를 기다리고 있는 것이다.

  가슴이 쿵쿵 뛰었다. 서로 웃음을 내비쳤다.

"안 오는 줄 알았어요."

그녀가 환한 미소로 웃었다.

"기다려 주었군요. 미안해요. 뭐 했어요?"

나도 멋쩍어서 웃었다.

"그냥 사람들 구경했죠. 닮은 사람이 아무도 없구나 생각하면서."
"그냥 '인류'라는 이름 아래 분류될 뿐인걸요."
"해고…당했다고 하셨나요?"

나는 내가 들고 있는 전 재산인 가방을 내보였다.

"독서실 총무 자리에서 쫓겨났어요. 이젠 정말 거지네요. 가진 게 아무것도 없는."
"솔직해서 좋네요. 어쩔 거죠?"
"나도 모르죠. 오늘 생각해 보려고요."
"그렇군요. 일단 오늘은 해결해 드릴게요."
"아닙니다. 그냥 얘기나."
"괜찮아요. 저 혼자 자취하거든요."

"아, 그러시구나. 어떻게 그럴 수 있나요. 제가 너무 민폐인데."

"괜찮아요. 제가 내일 공장에 나가면 그때 생각해 보고 다른 거취를 구하도록 하세요."

"저도 공장에 나가 본 적 있는데…. 아, 정말 감사합니다."

"집으로 바로 가시는 게 어때요. 고단해 보이는데."

"그래도 괜찮다면 저는 아무 할 말이 없습니다."

"그래요. 이건 내가 들어 줄게요."

그녀가 웃으며 내 작은 가방을 들었을 때 나는 그녀가 매혹적이라는 생각을 했다. 그리고 그녀를 따라 부지런히 걸었다. 가방이 거추장스러웠지만 버릴 수도 없는 것이, 그 안에는 내가 사는 데 최소의 필요 물품들이 들어 있었기 때문이었다.

그녀는 고단한 나를 위해 택시를 잡기 시작했다. 그러나 교통체증도 심하고 택시가 쉽게 잡힐 것 같지 않았다.

"지영 씨, 집 어디세요. 저는 전철이 더 편한데요."

나는 염치없음에 얼굴을 뜨겁게 붉히며 말을 쏟아 냈다.

"신당동이요. 사실 전철 타면 금방 가요."

"그러게요. 20분도 안 걸리겠는데요. 전철역으로 가시죠."

지하철을 타러 가는 지하도 안은 붐볐다. 모두들 그렇게 바쁘게 사는 것 같았다. 지영이 지하철 승차권을 두 장을 사 와서 한 장을 내게 주었다.

얼마 걸리지 않아 그녀의 방으로 안내받았을 때 아무 생각도 나지 않았다. 미안한 내색조차 못 하고 뜨뜻한 아랫목에 그녀가 앉혀 주자마자 가방 위로 몸을 뉘였고 이내 이미 잠에 깊이 빠져 버렸다.

그녀는 옷을 갈아입고 저녁을 짓기 시작했다. 찌개와 밥을 한 그녀는 정성스럽게 상을 차린 뒤에 나의 어깨를 부드럽게 뒤에서 꼭 안으며 내 이름을 불렀다. 나는 헐레벌떡 눈을 떴다.

"아홉 시가 다 되어 가는데 뭘 드시고 주무셔야죠."
"벌써 그렇게 되었나요. 민폐가 정말 큽니다."
"전 아무렇지도 않은걸요. 찬이 별로 없어요. 많이 드세요."

나는 단숨에 그녀가 내놓은 밥을 순식간에 먹어 치웠다.

"얼마 만에 밥다운 밥을 먹어 보는지 모르겠군요."

"식사 더 하세요. 차린 건 없지만 계란프라이라도 더 해 드릴까요?"

"아니에요. 배부릅니다. 어쩌죠, 당신에게 신세를 져서."

"마음에 두지 마세요. 제가 사람 있는 집에 오랜만에 있는 거 같아 좋은데요."

상을 들고 그녀가 나간 뒤 수돗물 소리, 그릇 달각거리는 소리가 들렸다. 나는 뭘 어찌해야 할지 몰라 그대로 무릎도 꿇은 채 앉아 있었다. 여자가 혼자 사는 집에 와 본 것은 처음이었고 미세하게 계속 가슴이 뛰었다.

그녀가 방으로 들어오면서 리모컨으로 텔레비전을 켰다. 뉴스에서는 시답지 않은 얘기들뿐이었다. 그녀는 내가 텔레비전을 보고 있는 것 같지 않자 곧 꺼 버렸다.

"술 한 잔 드릴까요. 아님 차라도 한 잔 내올까요."

그녀가 동물원의 시청 어쩌고 하는 노래가 나오는 라디오로 주파수를 맞추고 다시 부엌으로 나가면서 물었다.

"번거로우신데 뭘. 그럼, 염치없지만 맥주 주세요."

거품이 올라와 방바닥에 떨어졌다. 걸레를 훔치는 그녀에게서 나는 걸레를 빼앗아 깨끗이 그곳뿐만 아니라 걸레를 뒤집어 방을 깨끗이 닦았다. 그녀는 내게 사회가 주지 않은 정을 주고 있었다. 걸레를 훔치다 올려다본 그녀의 귀에는 플라스틱 장미꽃이 달려 있었다. 세련된 듯하면서도 여성스럽고 순종적인 그녀가 나는 마음에 꼭 들었다.

시계가 어느새 열한 시를 가리켰다.

"어제는 몰랐는데 오늘은 같이 있으니까 이상하네요."

그녀가 빙긋이 웃었다.

"제가 갈게요. 너무 폐만 드리는 것 같네요."
"무슨 말씀이세요. 추운데 어딜 가신다고."
"그럼 오늘은 제가 지영 씨 잠드는 거 지켜 드리고 잘게요."
"영광인데요? 불침번이 있어서. 하하. 그럼 먼저 가 씻으세요. 제가 이불 깔아 둘 테니."
"예."
"이 수건 가져가세요. 화장실 수건이 다 젖어 있을 거예요."

나는 씻기 시작했다. 나는 너무 말랐고 고통에 절어 있었다. 서른 살의 내 모습은 안정적으로 보이는 그녀에 비해 너무나 작은 느낌이 들었다. 내가 몸을 씻고 오니 이불 위에 베개가 두 개 놓여 있었다. 가슴이 쿵쿵 크게 뛰고 손끝이 미세하게 떨렸다.

"불을 꺼 드릴 테니 편하게 갈아입으세요."

그녀가 불을 껐다. 어둠 속에서 트레이닝복을 갈아입으면서 어제는 아무 생각 없이 그녀에게 나의 처음을 준 일이 지금은 어쩐지 그렇지가 않았다.

그녀가 먼저 이불속에 누웠다. 나는 어찌할 바 몰라 앉아 있기만 했다.

"누우세요. 제가 그럼 어떻게 자요."

그 말이 나오고 나서야 나는 거리를 두고 그녀 곁에 누웠다.

"답답하시죠?"

내가 눕자마자 그녀의 입에서 튀어나온 말이었다.

"그냥 그러네요. 내가 뭘 해야 할지."

"힘내세요. 이대로 끝난다면 후회만 더 커져 갈 거예요. 자포자기하시기에 너무 젊으시잖아요."

"예. 생활이… 아니, 마음이 안정되면 글을 쓰고 싶군요."

"글이요? 무슨 내용을 쓰실지는 모르겠지만 사람들 마음을 따뜻하게 해 주는 그런 글이면 좋겠네요. 사람들은 날씨가 추운 건 알면서 마음이 가난한지는 모르니까요."

"저도 그러고 싶네요. 자기 삶에서 잃어버린 게 무엇인지를 돌아보게 하는 그런 글. 그런 글을 쓰고 싶어요."

"제가 무언가 도와드리고 싶은데요."

"부담만 드릴 겁니다. 나 같은 인간은 그저 털어 봤자 먼지뿐이거든요."

"사람이 좋으니까요. 정말 그것 하나뿐입니다."

"전 좋은 사람이 아니에요. 항상 생각보다는 행동이 먼저고 모든 걸 감정적으로 생각하고 행동하고 자유자재, 막무가내, 고집불통, 간혹 가다 모자란 짓까지 하는데…. 어제는 정말 죄송합니다. 그런 뜻 없이 밝게 따라온 줄 알면서…."

"교도소에 다녀오셨다면서요."

"네? 제가 그런 얘기도 했나요?"

"어제 말씀하셨잖아요."

"정말 죄송합니다. 저, 괴물 같지 않으세요?"

"괴물이요?"

그녀는 살포시 웃었다.

"제가 서울에 온 지 이제 만 5년째죠. 고등학교 졸업하고 아는 언니랑 성수동 근처에 조그만 공장을 다니기 시작했는데요. 맨 처음엔 너무나 힘이 들었죠. 공장일이 정말 너무나도 힘이 들었어요."

  그녀는 하소연하듯 말을 이어 가고 있었다.

"어느 날인가, 일 끝내고 집에 가려는데 공장장이라는 사람이 부르더군요. 별일 아닐 거라 생각하면서도 여자의 직감일까요? 기분이 찜찜하더라고요. 몸은 피곤하고…. 공장장이 술 한잔 사 주며 이 얘기 저 얘기 위로라며 해 주더군요. 그때 왜 일어나지 않고 그 얘기를 듣고 있었는지 모르겠어요. 지금 생각해 보면 누구든지 사람이든 동물이든 그냥 좀 기대고 싶었나 봐요. 너무 힘이 들어서, 술이 달콤해서, 피곤의 찌꺼기를 다 뽑아 가더라고요. 너무 취했어요. 공장장은 취한 나를 근처의 여관으로 데려갔지요."

  그녀는 긴 한숨을 내쉬었다.

"그래서 어떻게 되었는데요?"

"공장장은 부인이 있는 남자였어요. 평소에도 너그럽고 좋은 사람이라고 생각했는데, 여관에 끌고 간 그날 밤 나를 난폭하게도 짓밟았어요. 아주 지옥 같은 밤이었지요. 내가 술에 취해 있었는데도 그 아픈 감촉 하나하나를 지금까지도 지울 수가 없군요. 그 후 나는 그 사람의 노리개가 되었어요. 반면 공장에서 일은 조금 수월해졌죠. 그러다가 결국 난 그 사람 아이를 가지게 되었어요. 아이를 너무 좋아하는 나였지만 내가 어떤 결정도 할 수 없이 그와 내 사이가 공장에 알려지는 바람에 공장장은 울고불고 내게 용서해 달라고 매달리고, 나는 결국 공장에서 쫓겨나오듯 나와서 아이를 낙태했어요. 그런데 낙태 수술이 잘못되는 바람에 난 앞으로도 아이를 가지려면 많이 어렵다고 하더라고요. 근데 공장장이란 남자, 불쌍한 남자였어요. 날 이렇게 만들고 한 번도 날 보려 들지 않았지만 이젠 그에게 안겨 있던 무수한 순간들이 안식처럼… 느껴지는 걸요."

"지영 씨, 그 공장장이란 놈 정말 나쁜 놈인데요."

나는 그만 흥분하고 말았다.

"아니죠. 저도 나빠요. 잘 끊지 못하고 질질 끌려다녔으니까요. 가끔씩 생각나는데, 그 남자 잘 사는지 모르겠어요. 부인을 늘 숨 막혀 했는데. 이 얘기 오해가 없길 바라요."

"당신은 피해자인걸요. 그런 상처가 있는데도 이렇게 밝게 남을 비추어 주는 용기를 내는 당신에게서 난 희망을 보았는 걸요."

그녀는 어느새 자기 손 위에 올려진 내 손을 꼭 잡았다. 나는 손에 땀이 맺히는 걸 느꼈다.

"벌써 열두 시예요."
"예. 내일 출근하셔야 되죠?"
"예. 내가 내일 출근하더라도 그냥 여기 계세요. 집이 그렇게 바로 구해지는 것도 아니잖아요. 잡을 권리가 제게 있는 건 아니지만, 전 지금 엄마가 옆에 온 것처럼 참 좋거든요."

나를 엄마라고 말하는 그녀의 말이 끝나자마자 나는 반사적으로 그녀를 끌어안았다. 아주 천천히.

품 안에 들어온 그녀는 울고 있었다. 내 자신도 마음이 헝클어져 마구 헤매고 있었다. 매듭을 풀 마디가 없구나 하고 생각했다. 그녀의 눈물을 닦아 주면서 풀어 줄 마디가 없었다. 지난밤 일어서려 하는 그녀의 입술을 막 찾아 댄 내 자신이 미웠다. 공장장과 똑같은 인간으로 비치진 않았을까 하는 생각이 들었다. 하지만 한편으로는 그녀가 나와 비슷한 인간이라는 생각이 들었다. 너무나 비슷해서 그녀의 눈물이 지금 나의 것이라고 생각했다.

나는 그녀를 꼭 껴안은 채 그녀가 잘 잘 수 있도록 밤을 상념으로 꼬박 새웠다. 간혹 가다가 잠에 떨어진 그녀가 뒤척였지만 그럴수록 그녀를 쓰다듬으면서 긴 밤을 보냈다.

# 4. 가을의 기도

가을에는

사랑하게 하소서…….

오직 한 사람을 택하게 하소서.

가장 아름다운 열매를 위하여 이 비옥한

시간을 가꾸게 하소서.

- 김현승(1913-1975)의 〈가을의 기도〉

그날로부터 나는 그녀와 동거 생활을 시작했다. 지금 윤정의 나이였다. 우리는 서로 감추어진 마음을 채우고 메꾸어 줄 사이라고 생각했다. 그녀와의 생활 덕분에 나는 책상으로 돌아왔다. 내가 살아오면서 해 보고 싶었던 오직 한 가지, 다시 글을 쓰기 시작했다. 짧으나마 사회 소설을 써야겠다고 생각했다.

인간의 가장 숭고한 사랑 이야기부터 시작해서 마음을 달래 가며 내면을 묘사하는 데 많은 심혈을 기울여 보기도 하고, 투쟁이 있었던 역사의 한 토막을 꺼내어 구미에 맞게 현대적으로 꾸며 보기도 했다. 그러면서 나에게는 조그만 확신이 조금씩 자라나고 있었다. 그것이 밝은 그녀가 내게 준 무엇이든 할 수 있다는 자신감의 싹인 것 같았다.

그녀가 대문을 열고 들어오자 내가 문을 열었다.

"많이 춥지?"
"아니. 많이 안 추워. 날씨가 풀릴 것 같은데."
"빨리 들어와 봐라."
"왜? 오늘은 맘에 드는 문장 좀 만들었어?"
"하하, 아니. 열심히 쓰면 뭘 하나. 변변히 내밀 구석도 없는데."

"밥은 먹었어?"

"안 먹고 기다렸지."

"배고프면 먼저 먹지."

"의리가 있지. 그리고 혼자 무슨 재미로 밥 먹냐. 내가 밥, 국 다 해 놨어. 차리기만 하면 돼."

"아니야. 차리는 건 내가 차릴게. 계속 글이나 쓰셔."

그녀는 옷을 훌훌 내 앞에서 털어 버리고 샤워를 하고 나서는 늦은 저녁을 차리기 시작했다.

"어디 봐 봐. 오늘은 무슨 얘기 썼어?"

"별거 없어."

"어디 줘 봐."

"안 돼, 잠깐만. 그거 아니라구."

우리는 차려 놓은 밥을 맛있게 먹었다. 먹은 걸 치우고 나면 그녀는 연필을 귀에 꽂고 내가 하루 종일 써 놓은 원고를 읽기 시작했다. 이미 그건 그녀의 즐거운 일과가 되어 있었다. 마치 엄마에게 숙제를 검사받는 아이처럼 나는 숨을 죽이고 그녀의 눈치를 살피고 있었다.

"지환 씨는 너무 보수적이다. 너무 옛날이야기 같잖아."

"사회주의, 공정한 세상에 대한 로망이 다 그렇지."

"좀 더 세상을 부드럽게 봐 봐. 공정이 어쩌고 그런 논쟁거리를 글로 담지 말고, 이불처럼 얼굴에 덮고 자고 싶은 그런 문장이 가득한 그런 책 말야. 타인의 삶을 따뜻하게 바라보는 시선과 행복한 문장이 넘치는 그런 글, 이 시대를 사는 사람들의 하루하루 건강한 이야기들 말야."

"노력은 하고 있는데 뭘 써야 할지 아직은 막막해."

"세상에 아름다운 이야기들 많잖아. 하루하루 소박한 꿈을 가지고 그것을 이루기 위해 걸어가는 사람들의 이야기."

"소재를 어디서 찾을지 모르겠어."

"낮에 산책도 좀 하고, 다른 사람들 사는 것도 좀 들여다보고, 공원에 앉아서 하늘도 보고! 너무 책상에만 앉아 있는 거 아니야?"

"그래 볼까?"

그녀는 언제나 나의 글에 진심 어린 평을 해 주었다. 나는 그녀의 "문학은 자기 내면에 뭐가 있는지 찾아 보는 산책길 아니야?"라는 말이 너무 좋아서 책상에 앉을 때마다 연필을 빼족하게 깎아 맨 처음으로 그 글을 써 보곤 했다.

문학은 자기 자신 내면으로의 산책길….

사실, 나와 그녀는 생활을 함께해서인지 생각들이 많은 일치를 이루었다. 나는 하루하루 희망의 새순이 자라나 뿌리를 깊게 내리는 것을 알았다. 이제는 그녀가 나를 싫다고 해도 그녀를 평생 사랑할 수 있을 거라는 생각도 들곤 했다. 보들레르가 흑인 창녀에게 했던 유명한 말처럼, 남자는 여러 여자에게 사정할 수 있을지언정 정신적으로 사정할 수 있는 여자는 영원히 하나라는 걸. 그리고 서른 살의 나에게 지금 그녀는 그런 존재라는 걸. 그렇게 소중한 대화가 끝나면 우리는 같이 잠자리에 들었다. 그녀의 입술에선 방금 마신 감잎차 향기가 났다.

우리에게 겨울밤은 짧고 뜨겁기만 했다. 식지 않는 태양이 내리쬐는 중앙에서 뜨거움을 무릅쓰고 잠을 자는 것과 같이, 우리는 밤엔 밤대로 낮엔 낮대로 옷을 벗고 옷을 입고 뜨겁고 깊은 사랑을 했다.

다음 날, 나는 글을 쓰다, 그녀의 산책을 해 보라는 조언도 있고, 그녀가 너무나 보고 싶어 쓰던 것을 내려놓고 외투를 허겁지겁 입었다. 당장이라도 그녀를 보지 않으면 심장이 멎을 것 같았다.

어느덧 거리에는 어둠이 깔렸고 나는 헤드라이트와 네온 사이에 서서 다리가 후들거리는 자신이 철저하게 혼자라는 생각을 했다. 도로 한옆에 서 있는 공중전화 부스 안으로 들어가 추위를 녹이며 나는 그녀의 호출기 번호를 눌렀다. 이런 생각을 빨리 없애려면 그녀를 인식하는 것이 필요했다. 금방이라도 그녀의 목소리가 수화기 저편에서 나올 것이라고 생각했던 나는 여러 경로를 통해서야 간신히 그녀와 통화할 수 있었다.

"나야."
"왜 그래? 지환 씨 무슨 일 있어?"
"아무것도 없어. 그냥 나온 거야. 돌아다니고 있어."
"추운데 어디 들어가 있어. 그럼 어디 있는지는 모르지만 내가 아는 술집을 알려 줄 테니 거기 가서 몸을 좀 녹이고 있어. 옥수역에 내려서 2번 출구로 나가면…."

그녀는 그렇게 나를 위해 추위를 피할 따뜻한 자리를 열심히 설명하고 있었다. 나는 걷기 시작했다. 미친놈 같기도 했지만 천천히 걷는다는 것은 마음에 안정도 줄 뿐만 아니라 깊은 생각을 할 여유도 준다는 것을 알았다.

그녀는 약속 시간 전에 술집에 문을 드르륵 열며 들어섰다.

"무슨 좋은 일 있어?"

"아니."
"근데 지영이 얼굴이 좋아 보여."
"아저씨, 오늘 주인아저씨는 안 나와요?"

 그녀는 내 말을 흘려들으면서 손님들에게 술 시중을 하고 있는 남자에게 말을 걸었다.

"어제 낚시한다고 짐 싸서 가셨는데 감감무소식이구먼."
"아, 낚시 가셨구나."
"지금 올 때가 되었는데 삐삐도 두고 갔으니 지영이 왔다고 어찌 알린담?"
"아저씨가 뭐 그런 거 생각하고 다니시나요? 구름 같은 분인데."
"맞어. 옆에 온 사람은 지영이 애인이여? 뭐 할 거여? 술 줘?"
"아저씨 보고 가면 좋은데. 네, 소주에 닭똥집 주세요."

 나는 내게 아무것도 묻지 않은 그녀의 결정이 오히려 편하고 좋았다.

"하루 종일 너무 답답하더라."
"지환 씨 왜 그래? 글이 잘 안 써져?"
"미안, 병인가 봐. 주기적으로 오는 슬럼프 같은 건가?"

"설마 여자처럼 주기적으로 그런 거 하는 거야?"
"싱겁긴."
"어? 정말이야. 남자도 한 달에 한 번씩 그렇게 우울해지고 감정이 격해질 때가 있대. 밥도 잘 안 들어가고 상념이 많아 소심해지는 시기 말이야."
"지영이는 여자인데 그걸 어떻게 알아."
"여기 주인아저씨가 말해 준 거야."
"주인아저씨? 여기 주인아저씨를 잘 알아?"
"응. 학원 하다가 망했는데 우연히 신장개업 날 내가 유일한 손님이라 같이 첫술 마셨지. 여기가 좀 외지잖아."
"지금은 손님 많은데?"
"4년 되었으니, 단골들이지."

나는 소주를 홀짝 마셨다. 갑자기 그녀에게 다른 남자가 있고 그 실존이 눈앞에 있을 거라는 생각을 하니 가슴이 복잡해졌다. 몇 잔도 안 되었는데 나는 얼굴이 시뻘개졌다.

그때 묵직한 낚시 가방을 멘 남자가 들어왔다.

"형님, 지금 오시남유. 고기는 많이 잡았남유?"
"못 잡았다."
"기분이 왜 그러우. 싸우셨소."

"그럼 부인 기일 날 펑펑 웃는 놈이 미친놈이지."
"형님. 형님 좋아하는 손님 와 있소."
"엉, 지영이."

가까이 보니 생각보다 젊은 얼굴의 남자가 다가왔다.

"어쩌냐. 뜸하더니."
"만나자마자 선생님은 인사가 뭐 그래요."
"미안."
"전보다 더 수척해지셨군요. 이젠 부인을 잊으실 때도 되었는데."
"벌 받아. 오늘이 그 사람 떠난 날이야."
"옆 사람, 친구구먼? 공장 친구여?"
"아니요. 이분은 작가예요. 지환 씨 인사하세요."
"안녕하세요. 이지환이라고 합니다. 반갑습니다."
"나 박필주라고 합니다. 보다시피 물장사하는 사람입니다. 지영이 통 연락이 없더니만 연애하느라 바빴구먼."
"선생님이 있는데 제가 무슨 연애를 해요?"

순간 나는 얼굴이 확 달아올랐다.

"이렇게 만난 것도 인연인데 한잔합시다."

그는 내 잔에 가득 소주를 따랐다. 묽지만 독한 술을 입안에 털어 넣자 어쩐지 속이 거북하여 신물이 올라왔다.

"정말 한동안 연락 못 드렸네요."
"뭘. 각자 나름대로 재밌게 살면 그걸로 되었지."
"낚시는 여전하시군요."
"그래. 물 보는 게 좋아서."
"물? 옷 입고 물 보는 게 그렇게 좋을까?"
"그냥 멍하니 앉아 있으면 말이다. 생각이 정리되고 자연의 미미한 속삭임이 다 들린다고. 물이 숨 쉬는 소리, 가느다랗게 산이 숨 쉬는 소리. 산의 볼록한 가슴 위에서 정기를 빨고 있는 나무의 숨소리, 새들의 대화, 바람 소리에 풀이 눕고 돌이 구르는 소리, 그런 걸 들으면 얼마나 행복하고 마음이 좋은지 모른다."

박필주라는 사람에게 특별한 향기가 느껴졌다. 그것은 도시에 군림하는 수컷으로서의 향기가 아닌, 자연 속에 있는 인간 특유의 많은 것을 있는 그대로 느끼는 보랏빛 은은한 향기라고 생각했다. 나는 그녀가 그를 바라보고 있는 그 눈에도 그 향기를 따라 느끼고 애정을 가지고 있음을 알 수 있었다.

"시간 있으면 함께 낚시터에 가고 싶군. 이번 주 일요일은 어때?"

 나와 동거한다는 사실을 알 리 없는 박필주의 제안에 나는 그녀가 단번에 거절할 것을 기대하며 그녀를 바라보았다.

"글쎄요, 괜찮을 것 같은데요."
"그래? 그럼 이리로 아침 9시까지 오도록 하지."
"특별한 일 생기면 전화드릴게요."
"그래. 난 들어가서 좀 쉴 테니 두 사람 놀다가 안주도 맘껏 먹고 계산하지 말고 가. 맞은 없어도 들고 가세요."
"네. 감사합니다."

 그가 가자마자 나는 그녀에게 쏘아 물었다.

"누구야?"
"아는 사람."
"아는 사람?"
"응."
"왜 여기 오자고 했어?"
"당신이 추운데 들어갈 곳이 필요했잖아."
"여기 아니고 다른 데도 있었잖아. 왜 온 건데?"
"술 마시고 싶으니까."

그녀와 나는 조금 떨어져서 걷고 있었다. 밤하늘이 얼굴을 찌푸렸는지 달도 별도 없이 컴컴한 밤이었다. 내일쯤 아마도 비가 내릴 것 같았다.

"옛 애인."
"옛 애인?"
"많은 남자들 중 하나야."
"많은 남자들 중 하나? 내가 화나는 건 그것 때문이 아니야. 지금은 나를 사랑하잖아."
"왜? 내가 더럽다고 생각해? 동시에 두 명을 사랑할 수 있냐고?"
"아니. 그 많은 남자들 중 나도 그냥 스치는 하나라고 생각돼서."
"그럴 수도 있고 안 그럴 수도 있고."
"난 특별한 거지?"
"아닐 거야. 난 원래 그런 여자니까."
"왜 그런 말을 하는 거야."

나는 가슴이 갈기갈기 찢어지는 것만 같았다.

"난 그래. 지환 씨가 아니라고 생각했을 뿐이지."
"이제 내가 싫증 난 거니?"

"그건 아니야."

"넌 지금 그렇게 보여. 내가 미안한 거 알고 있니? 난 너에게 빚을 갚고 싶어. 심적 물질적 모두…."

"그럴 필요 없어, 지환 씨. 내게 뭘 받았다고 해서 그걸 꼭 내게 돌려줄 필요는 없어. 내게 받고 또 다른 사람에게 주면 돼. 그냥 흐르는 대로 사는 거야."

"안 돼. 그만해."

"원한다면 그만할게."

"약속해 줘. 일요일에 나를 두고 그를 만나러 가지 않겠다고."

"잘 모르겠어."

"난 알아…. 네가 그럴 수 없다는 거…. 넌 날 사랑하고 있잖아."

우린 더 이상 말하지 않았다. 나의 마음이 마구 흔들리고 있었다.

일생에 단 한 번 울 수 있는 새가 있다.

둥지를 떠나 그 순간부터 단 한 번 노래를 부르기 위해

가장 뾰족한 가시를 찾아 헤메고

그것을 찾을 때까지 결코 쉬지 않는다.

가시나무새는 가슴을 가시에 찔려 피를 흘리는

그 처절한 아픔을 뛰어넘어서

살아 있었음에 대가를 치르기 위해

세상에 그 어느 새보다 더 아름다운 환희의 노래를 불러 가며 죽어 간다.

온 세상은 그 소리에 귀 기울이며

천상의 신은 미소 짓는다.

가장 고귀한 것은 처절한 고통을 얻어야만

이룰 수 있는 것이기에

전설의 새 가시나무새는 그렇게 운다.

— 영화 〈가시나무새〉 중에서

# 5. 가시나무새

요 며칠 사이 우리는 아무렇지 않게 지나갔다. 화요일 날 그 일이 있고 난 뒤 무려 닷새 동안 누구도 다가올 일요일에 대해 말을 꺼내지 않았고 나는 그럴수록 내색도 못 하고 그녀가 공장으로 나가면 심한 고통에 시달렸다. 그러나 토요일 날 일찍 퇴근해서 들어온 그녀의 표정은 밝기만 했다.

"밥 먹었어?"
"아니."
"지환 씨, 나갈래?"
"어디?"
"우리가 처음 만났던 곳?"

나는 느낌이 그다지 좋지는 않았지만 그녀의 감추어진 얼굴의 그림자에 그렇게 이끌려 가고 있었다.

"춤출래?"

홀 안의 공기는 탁했다. 나는 그녀가 그런 공기를 마시게 하는 것이 싫고 다른 남자들이 그녀를 보는 것도 싫어서 오늘따라 작은 그녀를 품에 단단히 안았다.

"숨 막힐 것처럼 해 주는 당신 포옹이 참 좋아. 아마 엄마 뱃

속에서 아무것도 모르고 태어나길 기다리는 아기처럼."
 "지영아, 세상이 여기서 그만 정지하면 정말 좋겠다. 이대로 모두 멈춰 죽음도 이별도 떠남도 이 사회통념도 없이 너와 나, 이렇게 같이."

 김광석의 〈사랑했지만〉이 흐르고 있었다.

 "그럼, 아무 의미가 없을 거야."
 "의미?"
 "세상에 행복만 있으면 누가 행복이란 단어에서 따뜻함과 밝음을 찾겠어?"
 "그렇구나. 그래. 그래서 내가 우리 사랑이 아름다워서 슬픈 건지, 슬퍼서 아름다운 건지 잘 구분하지 못하는지도 몰라."
 "우리 나가자."
 "그래? 나도 답답해."

 나는 그녀에게 너무나 많은 것을 받았다고 생각했다. 그리고 이 사랑은 나에게 단 하나의 사랑이 되어야 한다고 최면을 걸었다. 내게 글을 다시 찾아 준 것만으로도 나에게는 고마운 사람이라고 생각했다. 거기에 비해 나는 너무나 그녀에게 줄 것이 없었고 그래서 너무나 안타까웠다. 또한 그녀는 나의 도움 따위는 필요하지도 않았다.

음악이 끝나고 둘은 술집을 나왔다.

"약간 추운 것 같아."

그녀는 내 옷의 단추를 채워 주며 말했다.

"고백하자면, 지영아, 넌 지금 나에게 전부야."

그녀는 아무 말도 하지 않았다.

"너에게 넌 자유겠지만 너에게 난 자유가 아니야. 무언가 선택할 일이 있으면 이 말을 기억해 줘."

난 진심을 다해 말했다. 여전히 그녀는 묵묵히 내 옷의 마지막 단추를 잠그고 있을 뿐이었다.

"내가 줄 수 있는 건 마음뿐 널 만나기 전에 내가 가진 게 없어서, 이루어 놓은 게 없어서 너무나 미안해."

나는 단추를 다 잠근 그녀를 도망가지 못하도록 뒤에서 뜨겁게 안았다. 그녀의 눈에서 눈물 한 줄기가 흐르는 것을 느꼈다.

우리는 처음 함께 걷던 그 길을 걸었다.

"눈이 오네. 곧 녹아 버리지만 흔적이 남을 그런 눈. 지환 씨는 따뜻해서 이 눈을 다 녹이는 기쁨의 눈물이 흐르는 그런 글을 쓸 수 있을 거야."
"그래. 눈을 맞는 건 비를 맞는 것과는 비교가 안 돼. 눈은 사람을 참 포근하게 해 주지."
"그래. 맞아."
"지영아. 자유롭고 싶어, 모든 상념에서. 그냥 그럴 수 없을까. 내가 널 좋아하는 건 진심이야. 모르겠니?"
"알아."
"내가 널 이용할 가치로만 생각했다면 이렇게 몸과 마음을 완벽하게 너에게 바칠 수 없었어. 난 사람을 이용하는 거, 그런 거 소질이 없거든."
"그래. 믿어. 오히려 내가 그랬을지도 몰라."
"며칠 전 일은 너의 진심이 아니야."

나는 그녀와의 화해를 시도했다.

"됐어. 내 진심이야. 나 그 남자 좋아하고 있고 지환 씨 만나기 전까지 내 애인이야. 부인과 사별해서 힘들어할 때, 그래서 학원 사업 접고 물장사 시작할 때 나를 만났고 나는 그에게 필요한 사람이었어. 이제 되었다 싶어서 내가 헤어지자고 했을 뿐이야. 나는 사랑은 내가 필요한 사람이 되어 주는 거라고 생각해."
"그럼 지난 과거인 거지?"

나는 어린애처럼 보채듯이 물었다.

"헤어진다고 미워하고 안 만나는 게 난 더 어린애 같다고 생각해. 그리고 그 약속은 내 사적인 스케줄이잖아."
"집으로 가자. 많이 춥지?"

나는 그냥 아무 생각도 하고 싶지 않고 그녀 곁에 눕고 싶을 뿐이었다.

"나 말야, 우리가 처음 만난 그 허름한 여관으로 가고 싶어."
"찾을 수 있을까."
"당신이라면?"

그녀의 웃는 눈을 보고 나는 그녀의 손을 꼭 잡았다.

나는 그녀를 데리고 처음 그녀를 안았던 여관으로 갔다. 그리고 누가 뭐랄 것도 없이 그녀를 안았다. 그녀의 몸도 무척

뜨거웠다. 살이 타들어 갈 만큼이나. 36.5도의 체온이 아닌 100도 이상의 열이었다.
 우리는 잠자리를 펴고 누웠다.

 "몸이 뜨겁다. 아픈 건 아니지?"
 "아냐, 괜찮아."

 그녀는 내 품에 안겨 또 울고 있었다. 어둠이 그녀를 보호해 주었다. 어디선가 새어 나오는 가는 빛이 세상과 통하는 유일한 통로일 뿐, 여기엔 그들밖에 없었다. 간혹 차 지나가는 소리가 들렸다. 그 소리는 세상이 너무 고요함을 깨우쳐 주고 있었다.

 나는 이중적인 인간이 더러운 면이 강화된 한심한 인간이라고 생각했다. 그러나 나의 고결한 부분을 찾아 준 그녀를 생각하면서 그녀와 앞으로 계속 함께할 수 없을지도 모를 것 같다는 알 수 없는 예감에 나 또한 울고 있었다. 아무것도 보이지 않는 어둠이 폐숲을 헤치는 그녀와의 그 밤이 그렇게 가고 있었다. 아무것도 걸치지 않은 말라빠진 나의 모습이 그녀 앞에서는 부끄럽지 않았다. 그녀는 새벽녘에 그랬던 것처럼 내가 쥐고 있던 자신의 가슴을 떼어 내고 나의 자는 모습을 오랫동안 지켜보다 여관방을 떠났다.

일요일 아침, 나의 곁에 잠들어 있을 거라 믿은 그녀는 나의 곁에 없었다. 어디선가 다른 남자와 웃으며 있을 그녀를 생각하는 나는 제정신이 아니었다. 분노가 밀려들었고 일단 집으로 향했다. 집은 깨끗이 정돈되어 있었고 순간 희망이 들었다. 하지만 말끔한 방 안에 놓여 있는 것은 나의 옷 보따리 하나였고 그 위에 종이가 한 장 놓여 있었다. 나는 그 종이를 펼쳤다. 입영통지서였다.

그녀가 어떻게 나의 입영통지서를 받았는지는 얘기하지 않겠다. 그저 나는 내가 얼마나 바보스럽고 어린애같이 이기적이었는지를 생각하면서 터덜터덜 골목 어귀를 돌아 나왔다. 가랑비를 맞으며 전철을 타고 의정부에 있는 보충대대로 향했다. 머리가 짧은 남자들이 드문드문 보였다. 나는 곧 꺼질 가로등 불빛 아래 담배를 한 대 피우고 머리를 잘랐다.

입안이 까칠까칠해서 자판기 커피 한 잔을 뽑아 들었다. 나는 머릿속으로 지영을 생각하고 있었다. 잠시나마 나에게 진실한 사랑을 가르쳐 준 그녀였다. 이미 부질없는 추억으로 시작되고 있음을 나는 잘 알고 있었다. 그녀가 택한 이별이 아니라 내가 만들어 버린 이별 앞에 혹독하게 당하고만 있었던 그녀의 눈물을 떠올렸다.

밖으로 나오자 보안이라는 글씨가 눈에 들어오기 시작했다. 헌병들의 질서 정연한 모습들도 들어왔다. 각 건물에는 부모 형제가 너를 믿는다는 구호가 걸려 있었다. 나는 한숨이 절로 났지만 그건 내가 극복해야 하는 서른 살의 한 순간들이었다. 잠시 후, 영내 방송이 나왔다.

"이제 부모 형제와 헤어질 시간입니다. 영내에 있는 보충병 여러분은 강당 안으로 들어오십시오."

가족들은 몸 성히 잘 가 있어, 하며 눈물을 보이지 않으려 돌아서고 있었다. 나는 혼자 오기를 잘했다고 생각하고 있었다. 만일 그런 모습을 그녀가 보면 죽어 버리고 싶을 것 같았기 때문이었다.

나는 강당으로 무의식적으로 발을 옮기면서도 모든 발걸음마다 그녀를 생각했다. 갑자기 술도 먹고 싶고 그녀를 안고 싶기도 하고 죽고 싶기도 했다. 내가 썼던 문장들의 일부분이 후렴구처럼 입안에 맴돌기도 했다. 그녀는 나에게 지금을 극복할 수 있는 힘이 되어 주었다. 나는 따가운 등의 시선을 느꼈다. 저 멀리 멍하니 서 있는 여자의 모습이 보였다. 그녀인지 아닌지를 알기에 거리는 너무 멀었지만, 어쩌면 그녀가 그렇게 자신을 보고 있는 것이 맞을 거라고 생각하면서 돌아섰다.

어느새 강당 문 앞에 이르렀다. 조교들의 칼같은 외침이 들려왔다.

"빨리빨리 안 들어와, 이 새끼들아! 어쭈, 동작 봐라. 빨리 안 들어와! 너희는 지금 이 순간부터 민간인이 아니란 말이다."

3년이 지나고 제대를 한 뒤 나는 참된 진리와 역사의 진보를 믿으며 하루하루 성실히 살았다. 언젠가는 그녀에게 이런 모습을 보여 줄 수 있을 거라고 믿으면서.

# 6. 바람 아래 해변

나는 미니스커트를 입은 것같이 다리를 시원하게 뻗은 소나무 길에 들어섰다. 안면도, 소가 누운 모양 같다는 섬…. 오늘 오후 6시에 나는 그녀를 이곳에서 만나기로 했다. 한적한 길에 사람 하나 보이지 않는 가운데 바람 아래 해변 표지판이 나오자마자 나는 심장의 박동이 빨라지는 걸 느꼈다. 제대를 하고 어렵게 그녀가 있는 공장에 찾아가자, 그녀는 나를 만나지도 않은 채 같은 공장 직원 인편으로 쪽지만을 전해 주었다.

뭔가 떳떳한 글 한 편이 준비되었을 때, 우리 그때 만나도록 해요. 오늘로부터 1년 후 오후 여섯 시에 안면도 바람 아래 해변에서 만나요.

제대 후 그녀를 안을 수 있다고 생각했던 나는 그녀의 거절 아닌 거절에 마음이 터질 것 같았다. 하지만 예전에 그녀가 했던 그 말을 기억하며 차의 속도를 점점 더 높이고 있었다.

"사람의 본질이 영에 있다고 생각지 않고 육에 있다고 생각하는 사람은 아마도 대개 포기하겠지요. 하지만 당신은 어떤가요, 지환 씨. 날 만나고 싶은 것이 육인가요, 영인가요?"

남의 상처가 내 상처에 위로가 되는 것만큼 미안한 일이 없었다. 나는 지영에게 공장장 같은 남자로 비치고 싶지 않았다.

지영은 나의 모든 어둠의 상처를 씻어 준 여자였다. 나는 남의 삶에 개입하지 않고 살아온 긴 세월 끝에 다른 사람의 상처가 내 상처를 치유했다는 사실에 놀라웠다.

  바람 아래 해변 주차장. 사진 한 장 없는 지영의 얼굴이 가물거렸다. 나는 차를 세웠다. 잠시 핸들을 잡고 머리를 핸들에 묻었다. 나는 내 선택에 대해 더 이상 미련이 없는 걸까. 하지만 이 결과가 불가능할지도 모른다. 그녀는, 정말 그녀는. 이곳에 올까. 서해의 노을이 바다를 향해 주황색의 군무를 뿌리며 떨어지고 있었다.

  나는 차 문을 열고 내렸다. 쥐색 바바리에 고동색 구두, 단정하게 자른 머리. 모든 게 그녀가 두고 갈 때 그대로 내 모습이었다. 나는 천천히 바다를 향해 걸었다. 그녀가 발견하기 좋게 하기 위해서는 좀 더 바다 가까이에 있는 것이 좋을 것 같다는 생각을 했다. 바다는 마치 "봐! 다!" 이러는 것처럼 나의 모든 걱정을 다 털어 버리게 해 주는 설레는 해풍을 보냈다. 바닷바람과의 입맞춤 속에 나는 눈을 감았다. 손목시계는 6시 가까이 가리키고 있었다. 눈을 뜰 때는 그녀가 곁에 있기를 바랐다.

  가까이 인기척이 느껴졌다. 나는 뒤를 돌아보았다. 그녀가 아니었다. 하지만 내가 아는 얼굴이었다. 나에게 쪽지를 전해 주었던 공장 친구라는 사람이었다.

"안녕하세요."
"네, 안녕하세요."
"죄송합니다. 지영이가 여기 못 왔어요. 사실 이런 말씀 전해 드리기 죄송하지만, 지영이는 선생님이 찾아오셔서 그 쪽지를 받으시기 1년 전에 이미 암으로 떠났습니다. 숨이 끊어지면서 저에게 '언니, 그 사람은 분명 나를 찾아올 거야' 하면서 저세상에 갔습니다. 전 지영이 유언대로 그날은 쪽지를, 오늘은 이걸 마지막으로 전해 드리러 왔습니다."

나는 그녀가 주는 서류 봉투를 받고 멍하니 그녀의 동료가 사라지는 것을 한참을 보고 있었다. 그 봉투에는 내가 그녀와 동거할 때 썼던 수많은 습작 원고들이 있었다. 나는 어미 잃은 새처럼 서럽게, 정말 섧게 그 바다에 앉아 울었다.

# 7. 키스 더 레인

이제 두 사람은 비를 맞지 않으리라.

서로가 서로에게 지붕이 되어 줄 테니까.

이제 두 사람은 춥지 않으리라.

서로가 서로에게 따뜻함이 될 테니까.

이제 두 사람은 더 이상 외롭지 않으리라.

서로가 서로에게 동행이 될 테니까.

이제 두 사람은 두 개의 몸이지만

두 사람의 앞에는 오직 하나의 인생만이 있으리라.

이제 그대들의 집으로 들어가라.

함께 있는 날들 속으로 들어가라.

이 대지 위에서 그대들은 오랫동안 행복하리라.


– 마카오 인디언의 전통 결혼 축시 중에서

윤정이 샤워를 하고 나오자마자 우리는 아침을 사 먹으러 나갔다. 그녀가 샤워를 하는 동안 여기저기 아침을 만들어 보기 위해 뒤져 보았지만 내 집에는 먹을 것이 없었다. 밖에는 그늘 짙은 여름날이 장려하게 펼쳐지고 있었다. 하늘은 높고 연한 푸른색이었다.

그녀는 바다나 산보다 언제나 하늘이 제일 좋다고 했다. 어쩌면 인간은 지상에 다리를 두고 마음은 늘 천상에 두고 있는 그런 존재인지 모른다. 항상 함께할 수 있어서 언제나 올려다보면 그 자리에 있어서 시시때때로 날씨에 따라 그 모양이 변하기도 하지만 하늘은 윤정에게 나 같은 존재라고 했다. 햇살이 강했지만 그녀는 눈도 전혀 찌푸리지 않은 채 내게 맑은 미소를 보냈다.

나는 내 작은 엑셀 자동차에 시동을 걸어 주차장에서 차를 빼어 그녀가 서 있는 길가로 차를 가져다 댔다. 그러고 나서 그녀를 위해 안에서 문을 열어 주었다. 그녀는 동화 속의 공주처럼 사뿐히 올라탔다. 차 안이 여름 햇살에 데워져 좌석이 너무나 뜨거웠다. 나는 차의 창문을 열어 바람이 들어올 수 있게 했다.

"하늘 색깔이 곱고 공기가 완연히 다르지?"

"정말 그러네요. 이제 유월이니 곧 무더운 여름이 오겠어요."

그녀는 녹빛 잎사귀보다 더 싱그럽게 웃었다. 나는 오랫동안 한 대기업의 자동차 정비 센터에서 근무하는 정비사였다. 차라면 누구보다 잘 알았고, 한때는 그 대기업에 베어링을 납품하는 작은 기업체를 이끌기도 했다. 또한 내게는 새 차를 살 만한 경제적인 여유도 충분했다. 내 또래의 남자들이 가진 가정을 이끌 의무가 없어서 그럴 수도 있겠으나 나는 하도 어렸을 때부터 경제적인 고생을 하였기 때문에 돈을 낭비하는 스타일이 아니었다. 그럼에도 내가 이 소형차를 타는 이유는 그녀의 집착, 그녀가 이 차를 사랑하기 때문이었다.

그녀는 이 차가 참 맘에 든다고 했다. 그녀는 내가 그녀를 처음 태워 주었던 이 차에 대해 너무도 집착하고 있어서 때로는 사람이 태어난 고향과 같이 이 차를 하나의 장소로 여기는 것이 아닐까 생각되었다. 내가 새 차를 가진다고 해서 누군가에게 거들먹거릴 사람도 없기 때문에 나는 이 차가 이렇게 고물이 되어 순정 부품조차 구하기 어려운 지금도 이 차를 타고 다닌다.

하지만 이 차는 그렇게 오래된 차임에도 불구하고 나의 애정과 그녀의 존중을 받기 때문인지 사랑받는 애완견처럼 좀처럼 고장을 일으키지 않고 부드럽게 나아간다. 아마도 오래 써 주십시오, 하고 차도 우리 사랑 이야기에 동참하고 싶은 것처럼 애정을 주는 것들은 좀처럼 잘못되지 않는다는 의미가 사물에도 통한 것일 게다.

  차가 달릴 수 없다면 그 의미가 없어지듯이, 이제 그녀를 생각하는 일이 없으면 내 하루는 무의미해졌다. 그게 나에게 있어 그녀의 의미였다. 지영을 서른 살에 그렇게 보내고 나서 나는 그녀를 만나기 전 어느 누구도 만나지 못했다. 하지만 그녀는 나를 웃게 하고 나를 슬프게 하며 내가 아직 감정을 가진 사람임을 내 글이 삶의 정수를 담을 수 있게 해 주는 마중물 같은 존재이다.

  그녀가 법대를 나와 사법 시험을 치르지 않고 전공과는 전혀 다른 라디오 방송국의 인턴 작가로 들어간 것이 못마땅하던 그녀의 어머니는 게다가 나와 연애하는 것을 알고 나서는 아연실색하여 그녀를 감금하기도 했다. 어느 날, 그녀의 어머니가 내가 있는 잡지사로 찾아와서 이 꼴난 잡지사도 다닐 수 없게 매장해 버리겠다고 폭력을 행사할 때, 나는 그저 고개를 숙이고 벌 받는 소년처럼 가만히 서 있었다. 오히려 그것이 그녀의 어머니를 더 화나게 했을지도 모를 일이었다.

그러던 그녀의 집안에서 혼담 이야기가 오가고 있는 것 같았다. 부모님 말씀을 거역할 수 없는 착한 딸인 그녀는 어느 날, 분홍빛 드레스를 입고 나와 커피를 마시며 모차르트 음악을 듣고 바로 그 호텔에서 약혼식을 올렸다. 그녀의 약혼자는 좋은 사람으로 보였다. 얘기를 들어 보니 외국의 제약회사로 보직 발령을 받고 한국지사에 와서 여러 제휴 준비를 하고 있다고 했다. 그녀와도 같은 대학을 졸업하였고 대학을 다니는 동안 만났던 사이이며 앞길이 촉망되는 젊은이라고 했다. 아마도 그는 그녀와 결혼을 하여 보직 발령 예정인 독일로 떠날 것이고 그렇게 열한 시간의 비행이 끝나면 나는 한국에서 그녀의 목소리도 눈빛도 볼 수 없게 될 것이다.

나는 마음속으로 오십의 나이에 두 번째 이별을 준비하며 언젠가 그 약혼자 이야기가 나왔을 때 그녀를 위로하려고 이렇게 말을 꺼냈다.

"어머니가 인정하셨는데 어렵하겠어. 윤정이를 많이 아껴 줄 것 같아. 난 그거면 돼."
"그만둬요."
"하지만 넌 결혼해서 날 떠날 거잖아. 결혼 안 할 거야?"
"안 하는 것이 아니라 못하는 거예요."
"누구든 처음에는 그렇게 말하지만 결국 많은 여자들은 결혼을 자신이 살아가는 안정적인 수단으로 생각하고 또 그 말을 뒤집고 결혼해서 잘 살고 있어."

"난 가정주부는 클리너인 것 같아요. 무엇이든 가정주부의 손에 오면 깨끗해지니까요. 냉장고가 깨끗해지고 집 안이 깨끗해지고 옷장이 깨끗해지고 아이들 몸도 깨끗해지죠. 하지만 나는 당신이 남편이면 좋겠어요."

"그건 불가능하다는 거 네가 잘 알잖아."

"난 혼자 살았으면 살았지, 그 남자와 결혼하는 일은 없을 거예요."

"모든 여자들이 그렇게 말하고는 결국 자신의 입지를 굳혀줄 남자를 골라 떠나지. 결혼에 대한 환상이 없는 내가 역겹지? 미안해."

나는 상처 입은 듯한 표정을 지으며 말했다. 그렇다. 그녀도 아마 그럴 것이다. 하지만 나는 나를 두고 떠나는 그녀를 탓할 수는 없는 처지이다. 막을 수도 없다. 그녀는 질투와 원망이 어린, 하지만 사랑이 넘치는 눈으로 말했다.

"제발, 내 앞에서 날 다른 남자에게 떠맡기는 식으로 하는 말은 하지 마세요. 그건 나에게 상처 주는 말이에요."

그녀의 흘러내리는 눈물을 보면서 나는 깊이 반성했다. 함께 있는 순간이 얼마나 좋은데, 함께 있는 순간이 얼마나 짧은데, 그러한 순간에 그녀를 울리다니. 나는 나를 원망했다.

 한때는 누구나 사랑 없는 결혼을 저주한다. 하지만 결국 결혼이라는 제도는 사랑과 무관해질 때가 반드시 온다는 것을…, 나와 결혼하더라도 그럴 수밖에 없다는 것을 어린 그녀에게 깨우쳐 주려고 애썼다. 그러나 그녀의 귀는 내 말을 들을 만큼 세련되지 못했던 것이다. 그리고 그녀는 내가 결혼에 대한 환상이 없어서 결혼하지 않았다고 생각하고 있지만 나는 함께 아침을 나눌 여자를 정말 이 나이까지 만나지 못했기 때문에 결혼하지 않았을 뿐이다. 물론 그녀를 만나기 전까지는 말이다.

 "관둬요. 내 결혼 얘기는 하지 마세요. 차라리 내가 싫고 지겨워졌으니 다른 연인들처럼 그만 만나자고 얘기하는 편이 더 나아요."

 그녀에게 왜 그렇게 결혼도 전제로 하지 않는 나와의 사랑을 소중히 여기는지 물어보았더니 그녀는 이런 말을 했다.

 "누가 추리소설을 거꾸로 읽나요?"

하긴 그 말도 맞다. 사랑을 시작할 때마다 결혼을 생각해야 한다면 너무나 피곤하다. 그리고 나처럼 이제 아무에게라도 잠시 쉬어 가고 싶은 사람에게는 더없이 피곤한 말이다.

여자들은 때때로 결혼을 너무 신성시하는 경향이 있다. 그것은 좋은 면보다는 비극의 빌미를 만드는 경우가 더 많다. 신데렐라 콤플렉스가 바로 좋은 예일 것이다. 여자가 결혼을 통해서 팔자를 고쳐야 한다고 믿는 한 남자는 모두 백마 탄 기사로 둔갑해야 할 판이다.

"방송국에는 결혼할 만한 총각들이 많지 않아?"

좀처럼 회사 이야기를 꺼낸 적 없는 그녀에게 내가 무색할 만큼 말을 떠보지만 그녀는 시큰둥하다.

"많으면 뭘 해요. 글쎄요. 당신 말고 또 누굴 내가 좋아하길 바라나요? 아마도 그건 비관이에요. 당신이 날 이렇게 구겨 놓았으니 끝까지 책임지세요."

나는 그 말에 기가 죽었다. 어디까지가 시작이고 어디까지가 끝일까. 갑자기 이미 죽은 가수가 부르던 노래 가사가 떠올랐다.

그대, 불멸을 꿈꾸는 자여. 시작은 있었으나 끝은 없으라 말하는가. 왜 너의 공허는 채워져야만 한다고 생각하는가. 처음부터 그것은 텅 빈 채로 완성되어 있었는데.

책임의 한계를 따지는 것처럼 애매한 구석도 없다. 그녀는 내가 자기를 구겨 놓았다고 말하고 있지만 나는 그녀의 말을 결코 부인하고 싶지 않다. 그녀가 불행해진다면 그 책임의 일부는 분명 나에게도 있다. 그러나 다행히 그녀는 나와 함께 지금 너무나 행복하다고 한다.

에어컨이 무색한 작은 차 안에서 드뷔시의 〈아라베스크〉를 들으며 웃는 그녀의 머릿결이 바람에 날린다. 상큼한 그녀의 머리 내음이 내 코를 간지럽힌다. 그래. 그녀가 행복할 때에는 내게 책임이 없다. "아, 행복해"라고 웃는 그녀에게 내가 묻는다.

"행복이 뭔데?"

그녀는 그 대답을 하자면 한참을 생각해야 하고 그래야만 멋진 말이 나오기 때문에 일단 저 설렁탕집에 차를 대라고 배고프다는 시늉을 한다. 그런 그녀가 귀여워서 나는 따라 웃는다. 그녀가 내게 원하는 게 뭘까? 부모님을 설득해서 올리는 나와의 결혼? 농담 섞인 우리의 심각한 미래에 대해 관망이라도 하겠다는 듯 그녀는 생긋 웃는다.

   나는 그녀가 참 밥을 천천히 먹는다는 생각을 했다. 아직도 그녀는 국에 만 밥을 반도 먹지 못했다. 그런 가운데 한 숟가락 입에 밥을 넣고는 말도 한다.

   "사람은 쉽게 변하지 않아요. 우리 부모님 설득은 아마 불가능할 거예요. 그리고 당신과 함께하기 위해 달아나고 싶지만 그건 모든 사람들에게서 달아나는 게 아니잖아요. 하지만 나는 항상 당신을 향해 가고 있어요."
   "미안해. 내가 뭐라고."
   "자유요."
   "자유?"
   "좀 어렵게 들릴지 모르지만 난 당신을 만나 자유를 느꼈어요."
   "설렁탕을 먹으며 하기에는 너무 심오한 이야기인데?"

   갑자기 그녀가 웃다가 밥알까지 흘렸다. 나는 그녀를 위해 두루마리 휴지를 꺼내고는 잘라서 그녀의 입을 닦아 주었다.

   그녀는 일어나면서 내 손을 잡고 신발을 신었다. 그러면서 나를 올려다보았다. 그녀는 곤혹스러운 표정을 지으면서 무언가를 생각하는 듯했다. 그녀의 이마에는 주름이 몇 겹 그어졌다. 나는 그녀의 입에서 엄청난 명언이나 문구가 나오길 기대하면서 지금 그 모습 그대로 내 눈에 담았다.

"잠깐… 잠깐만 기다려요. 당신과 자유와의 관계라…. 내가 그 대답을 오늘 헤어지기 전에 꼭 해 주겠어요. 그건 좀 철학적이니까 얘기하려면 조금 침묵이 필요해요. 당신을 위해 내가 오늘 그 멋진 대답을 해 주고 싶어요."

나는 그때 그녀의 말에 신경도 쓰지 않고 있었다. 나는 오후에 이발소에 들러서 그녀가 좋아하는 짧은 머리로 잘라야겠다고 생각하고 있었다. 그녀는 자판기 커피를 뽑았는데 블랙커피가 나와 그냥 마시면 독해서 속이 쓰리다며 나를 걱정했다. 나는 한 모금만 마시고 카페인 효과만 볼 거니까 잔소리할 필요 없다고 대꾸했다.

"난 사실 다른 애들보다 외로움을 많이 타면서 자란 것 같아요. 물론 가족들이 있었지만 감수성이 예민했던 것 같아요."

그녀는 말을 하다가 마치 어휘력이 부족하여 더 이상 설명할 수 없다는 듯이 포기해 버리고는 내게 "미안해요…"라고 말했다. 그녀는 늘 그런 식으로 모든 것을 불확실하고 모호하게 내려놓는 버릇이 있었다. 마치 그림 위에 색을 덧칠해서 그림의 윤곽이 안개 속에 가려져 흐려진 것처럼 그녀에게는 명료하면서도 너무나 흐린 그런 덧칠을 잘하는 매력이 있었다.

# 8. 우리가 물이 되어

만 리 밖에서 기다리는 그대여
저 불 지난 뒤에
흐르는 물로 만나자.
푸시시 푸시시 불 꺼지는 소리로 말하면서
올 때에는 인적 그친
넓고 깨끗한 하늘로 오라.

- 강은교(1945- )의 〈우리가 물이 되어〉

내가 그녀를 만난 것은 내가 막 시작한 베어링 회사가 불황으로 되는 것도 없고 안 되는 것도 없는 어느 여름날이었다. 친구와 술이나 한잔할까 하여 가까운 내 옛 직장 대기업 자동차 회사의 정비 센터에 들어서서 친구가 정리하고 나오기를 기다리는 중이었다. 친구는 손님과 얘기가 길어지고 있으니 조금만 더 기다려 달라고 했고 나는 그저 정비 센터를 어슬렁거리며 손님들 사이에 앉아 함께 텔레비전의 시답지 않은 드라마를 보고 있었다.

휴지통에 버려진 채 꺼지지 않은 담배가 역겨운 데다 더운 날씨에 시원한 바람이나 맞을까 하여 센터 앞 계단에 앉아 멍하니 더운 여름날 하늘을 올려다보고 있었다. 사람들은 하나둘씩 맡겨 놓은 수리된 차량을 가지고 떠났고, 정비공들이 퇴근하는 모습들도 하나둘 눈에 들어왔다.

그날, 영업시간이 끝나고 그녀는 저녁 늦게 자신의 아버지 차를 몰고 정비 센터 앞마당에 들어왔다. 마침 친구는 조금만 더 기다려 줘야 할 것 같다고 전화가 왔고 나는 여전히 땅에 낙서를 하는 소일로 기다리고 있던 차였다. 처음에는 낮에 물건을 두고 간 손님이겠거니 하고 그녀에게 눈길도 주지 않았다. 그때 그녀는 차에서 내려 나에게 다가왔다.

"아저씨, 차 좀 봐 주세요."

나로서는 황당할 노릇이었다. 영업시간도 다 끝난 데다가 여기 직원도 아닌 나에게 차를 봐 달라니. 내 얼굴에 정비공이라고 써 있기라도 한가.

"아가씨. 오늘은 영업 끝났어요. 저쪽 접수처에 가서 접수하고…."
"아저씨, 아저씨 차 잘 알죠? 그냥 조금만 봐 주세요. 이거 아빠 차인데. 저 좀 도와주세요. 네?"

나는 상황을 알 것 같았다. 그녀의 목소리는 호소력이 짙었고 듣는 사람이 쉽게 지나가기 어려운 것이었다. 나는 못 이기는 척 툭툭 털고 간단한 문제면 해결해 주기 위해 자리에서 일어났다.

"한번 보기만 할게요. 그리고 난 여기 직원도 아니에요."

나는 그녀의 차 가까이 다가갔다. 그 차는 내게 가장 친숙한 차였다. 나는 더운 여름날 저녁, 시원한 소나기를 기대하는 마음으로 후덥지근한 차 아래로 기어들어 갔다. 그때 놀랍게도 소나기가 오기 시작했다. 그녀는 사무실로 혼자 들어갈 생각도 못 하고 내 곁에 장승처럼 서 있었다.

나는 차 아래서 기어 나와 난 괜찮으니 사무실 안에 들어가 비를 피하라고 손짓했다. 차를 고치면서 가끔씩 그녀를 바라보았는데, 그녀는 통유리로 된 대기실 안에서 내가 정비하는 모습을 한순간도 눈을 떼지 않고 바라보았다. 그런 그녀의 모습이 참 고와서 나는 그녀가 온몸으로 맞은 더운 저녁 소낙비라고 생각했다.

나는 그날, 빗속에서 그녀의 아버지 차를 고쳤고 영업시간이 끝나 일지를 쓸 수 없다는 이유로 비용 한 푼 청구하지 않은 채 내 명함 한 장을 그녀의 손에 쥐여 주고 돌려보냈다. 때마침 친구가 나와 나를 찾아다녔고 나는 친구와 술 한잔 하기 위해 그곳을 떠났다.

그날 밤, 나는 내 아파트의 문을 열면서 그녀의 모습을 떠올려 보려고 했지만 아무것도 생각나지 않았다. 오래도록 그녀 모습이 내 가슴에 있었지만 다시 만날 수 있다는 희망을 가질 수 없는 것은 너무나도 당연한 일이었고, 운명에 이끌려 그녀를 다시 만나게 된 것은 그 후로도 아주 오랜 후의 일이었다.

작가의 꿈을 접고 그동안 나는 베어링 회사 운영에 매진했고 이내 자리를 잡았으며 탄탄한 기반을 갖추고 자동차 허브 휠 베어링 생산업체의 제천공장을 어렵게 준공하였다. 공장, 사무실, 창고, 관리 등 생산설비 및 물류 시스템을 모두 내가 원하는 모습으로 갖추느라 한때 눈코 뜰 새 없는 매우 바쁜 나날을 보냈다. 나날이 베어링 회사는 운영이 잘되었고, 미국 수출을 앞두게 되자 전국에 대리점도 9곳을 보유하게 되었다.

그녀를 다시 만나게 되던 날, 그날도 여름이었고 소나기가 내렸다. 그날 오후, 나는 한숨을 돌리고 나서 라디오를 켰다. 클래식이나 오페라 등을 특별히 좋아하는 건 아니었지만 조용한 음악을 좋아했기 때문에 세미클래식 음악이 나오는 주파수를 찾아 멈추고 믹스커피를 타서 마시고 있었다. 방 안에는 파가니니의 부드러운 선율이 가득히 넘쳐흘렀다.

CEO 정도 되었으니 비서를 두라는 것이 직원들의 조언이었으나 나는 모든 것을 직접 하는 것이 즐거웠고 소박하게 사는 지금의 삶이 즐거웠다. 홈페이지에 들어가 지금 듣고 있는 라디오 프로그램에 신청곡을 적어 냈고, 운이 좋게도 작은 콘서트 티켓에 당첨되었다.

라디오에서는 부드러운 음성의 여성이 "축하드립니다. 콘서트 티켓에 당첨된 분은 홈페이지에 전화번호, 주소를 적어 주세요"라고 하였다. 나는 가고 싶은 콘서트는 아니었지만 티켓을 받아 직원들을 줄까 하여 전화번호와 주소를 적었다.

그러자 30분도 되지 않아 전화가 한 통 걸려 왔다.

"안녕하세요. 이지환 씨죠?"
"네. 그런데요."
"저는 ○○ 방송 '오후의 음악 카페' PD인데요."

전화기의 목소리는 아주 차분하고 부드러운 여자의 것이었다.

"네. 무슨 일인데요?"
"저는 4년 전, ○○ 자동차 회사에서 한 어리석은 여자에게 세탁비 한 푼 받지 않고 호의를 베푼 남자를 찾고 있는데요. 제가 그분을 오늘 찾은 것 같아서요. 오늘 저녁 식사 어떠세요?"

나는 주섬주섬 서류들을 정리하고 그날 그녀를 만났다. 그녀와 약속한 카페에서 나는 그녀를 어렵지 않게 찾아냈다. 나는 대번에 소나기가 내리던 4년 전 여름의 한 여자를 알아봤다. 그래서인지 낯선 여자를 만나면서 느끼는 불편감이 없었다.

"감사합니다. 이렇게 급하게 뵙자고 했는데도….”
"아닙니다. 오늘 저녁에 별일 없었는걸요."
"뭘 드시겠어요?"

 창문 밖으로 그녀를 만났던 ○○ 자동차 회사의 마당이 눈에 들어왔다. 4년 후, 같은 장소에서 같은 사람을 만났다. 어쩐지 느낌이 오묘했다. 그녀는 긴 머리를 뒤로 반쯤 묶었고 반팔 블라우스에 가벼운 조끼를 걸쳤다. 어깨는 좁은 편이 아니었으나 목이 길고, 가슴은 담벼락이었다. 그러나 눈빛은 한없이 선하고 깊은 느낌을 줬다.

"아, 예. 아무거나 먹을게요."

 그녀는 푸른색 모나미 볼펜을 쥐고 연신 때깍거리며 수첩을 만지작거렸다. 그녀는 어쩐지 정서적으로 좀 불편하고 모자라 보였다.

"베어링이라… 그게 무엇인지는 모르겠지만 선생님이 하시니 뭔가 의미 있는 일이 아닐까 생각해 봅니다. 어려움에 처한 사람을 진심으로 도와주시는 분, 세상에서는 만나기 힘들잖아요. 선생님을 정말 오랫동안 찾았어요. 그런데 오늘, 이렇게 제 프로에 문을 두드리시다니요!"

그녀의 지갑에서는 4년 전, 내가 그녀에게 주었던 구겨진 명함이 나왔다. 그녀가 그것을 절대 잃지 않으려고 한 흔적처럼 테이프를 붙인 부분을 보고 나는 그녀의 눈을 올려다보았다. 그녀를 만난 후, 다시 한번 만날 수 있을까 생각했던 4년 전 잠 못 들던 여름밤들이 눈앞에 지나갔다. 그녀도 나로 인하여 오랫동안 잠 못 드는 밤이 있었을까. 내가 생각해도 웃음만 나오는 생각 속에서 무슨 말을 해야 할지 속으로 나는 리허설을 해 보았다. 그때 김경호의 〈나를 슬프게 하는 사람들〉이라는 노래가 흘러나왔다.

"사실 제가 그렇게 착한 사람은 아니에요. 제가 없이 살아서인지 어려움에 처한 사람을 도와주는 것을 좋아하긴 하지만요. 하지만 그런 것을 계기로 이렇게 아가씨에게 밥을 얻어먹을 것까지는 아닌 것 같은데요."
"아마도 하느님이 제 오랜 소망대로 선생님을 찾아 주셨나 봐요. 살면서 누군가의 친절에 가장 감사한 날이었어요."

그녀가 아부 섞인 말을 하는 것도 아닌데 나는 칭찬에 익숙하지 못한 모난 심성을 바로 드러내고 말았다.

"에이, 아니에요."

나는 그녀의 말을 강하게 부인했다.

"선생님은 제 감정을 무시하시네요."
"아니, 그건 아닙니다만."

내가 왜 그녀에게 이렇게 가엽게 주절거리고 있는 걸까. 그녀가 자신을 무시한다고 고개를 살짝 숙일 때에 나는 얼굴을 한없이 붉혔다. 제대로 전달되지 않은 내 표현이 노여웠고 미안했다. 내가 수줍음을 잘 타는 남자는 결코 아니지만 그녀가 내 앞에서 나에 대한 감상을 거리낌 없이 말하는 것을 듣는 것은 너무 어려웠다.

그러고 보니 나는 지영을 잃은 뒤 너무나도 오랫동안 여자와 대화한 적이 없는 것 같았다. 나는 이제 사랑불능자일까?

"아무튼 제 프로는 세미클래식, 가벼운 클래식과 경음악, 팝 위주예요."

나와 그녀의 만남은 그렇게 극적으로 이루어졌다.

그녀와 만나면서 나는 제천에서 서울로 올라와야겠다고 생각했다. 대학에서 글 쓰는 것을 전공한 것도 그러하지만 어려

서부터 글 쓰는 일을 좋아한 데다 많은 수상 경력이 있었기에 이것을 이용하면 좋지 않을까 생각하여 여기저기 지원서를 넣고 있던 중이었다.

  어느 날, 나는 '월간 여성저널'이라는 잡지사에서 근무 중인 대학 동문이 시간을 쪼개어 대필 기자를 할 생각은 없냐고 지나가는 얘기로 했을 때, 내 이력서를 즉시 보냈다. 편집장은 내가 수상한 작품 몇 편을 보고는 흔쾌히 스카우트를 제의했다. 나는 글 몇 줄을 쓰고 싶었던 내 꿈의 실현을 생각하며 자리를 옮겼고 베어링 회사는 선출한 새 사장을 자리에 앉혔다.

  나는 제천에 있던 내 짐을 소박한 서울의 작은 집으로 이사하고 잡지사의 기자로 일하기 시작했다. 한편으로는 잠시 잊고 지냈던 글 쓰는 일에도 주력했다. 나는 시와 에세이를 쓰고 평론을 발표하며 문인들과 안면을 트기 시작했다. 그렇게 그녀를 만나면서 나는 진정한 아마추어 문인이 되고자 노력하였다.

  나는 아무리 바빠도 그녀가 필요로 할 때는 언제나 그녀의 앞에 앉아 있었다. 사람의 인연은 그렇게 미묘해서 나는 그녀가 전화를 하면 언제 어디서나 한마디 불평도 없이 그녀의 앞에 앉아 있곤 했다.

"저번 그 카페에서 기다릴게요."
"그래. 정리하고 갈게. 삼십 분 정도 걸릴 거야."

  여기서 내가 끌려 나갔다고 하는 것은 강요당했다는 것이 아니라 그만큼 내가 자의적으로 그녀를 원했다는 것을 뜻한다. 눈은 원하는 것을 쫓고 귀는 듣고 싶은 것에 집중을 한다. 처음에는 내가 생각해도 이상하리만큼 그녀에게 끌려다녔다. 정말 이상했다. 그녀는 결코 미인이 아니었다. 그동안 나에게는 많은 미인들이 구애를 했다. 혼기를 놓친 지금도 구애하는 여자는 여러 명이 있었다. 특히 디자이너 오유진이 그랬다. 하지만 대부분은 의상을 화려하게 입거나 진한 화장이었고 또는 옷을 벗으면서 자신의 여성성을 강조하려고 했다.

  하지만 그녀는 그녀들과 달랐다. 그녀는 그 어떤 코드로도 다른 여자들은 사로잡지 못하는 코드로 나를 매료시키는 유일한 여자였다. 하지만 그녀는 누가 봐도 볼품없는 외모에다 몸매 역시 빈약했다. 나를 사로잡는 화술을 가진 것도 아니었다. 오히려 내가 물어보면 틀린 대답을 엉성하게 늘어놓거나 어휘력이 부족하다는 핑계로 제대로 설명해 주는 것은 하나도 없었다. 그녀가 법학을 전공했다고 해서 말을 통해 날 즐겁게 해 주지도 않았고, 클래식 프로의 PD가 되었다고 하여 잘 다루는 악기가 하나 있는 것도 아니었다.

그럼에도 불구하고 나는 그녀의 전화를 받으면 항상 약속한 장소로 헐레벌떡 달려갔다. 그러고는 큰 소파가 있는 커피숍에서 마주 앉아 커피나 음료를 마시며 스피커에서 나오는 음악을 함께 듣는 한심한 시간을 보냈다. 그러나 이상한 것은 그러한 시간이 전혀 싫지 않다는 데 있었다. 내가 커피를 마시면서 그녀의 등 뒤로 걸린 그림을 구경하거나 그녀가 앉아 있는 의자의 무늬를 보거나 창밖을 바라볼 때, 그리고 스피커에서 나오는 음악에 귀를 기울일 때, 그녀는 한 번도 한눈팔지 않고 진지하고 따사로운 눈빛으로 나를 바라보았다. 아니다. 사랑이 듬뿍 담긴 눈빛이라고 하는 것이 옳을 것이다.

어쩌다가 나와 눈이 마주치면 미소를 짓곤 했다. 그녀의 눈빛 속에는 우수와 연민으로 가득 찬 베토벤의 소나타와 같은 슬픔 같은 것이 애잔하게 배어 있곤 했다. 그것은 나만이 포착해 낼 수 있는 나만의 것이었다. 언젠가 내가 그녀에게 그런 말을 해 주었더니 자신을 분위기 있게 봐 주어서 고맙다며 계속 그렇게 봐 달라고 히쭉 웃었다.

그녀는 지금 부모님과 함께 살고 있었다. 부모님은 각자여가 생활에 여념이 없었고 여동생은 작년에 결혼해서 남편과 부산에서 산다고 했다. 이제 부모님들은 그녀를 결혼시켜 독일로 떠나보내는 것으로 자식 농사를 마무리 짓겠거니 싶었다.

　나는 중학교 3학년 때 사고로 부모님을 잃었다. 그리고 할아버지와 여동생과 살았다. 그러다가 여동생이 수녀가 된 뒤 얼마 있지 않아 할아버지도 돌아가셨다. 나이 서른에 대학 마치고 군대에 다녀와서 이제껏 집에서 가족의 냄새라고는 맡아 본 적이 없었다. 정비사 생활을 할 때나 집에 와서 옷을 가져가거나 하는 용도로만 집을 사용하였기 때문에 집에 대한 애착조차 별로 없었다. 어쩌면 살아온 환경만큼은 서로 지구 양 끝에 있는 사람일지도 몰랐다.

　"나는요. 지금 당신과 있으니 세상에 부러울 것이 아무것도 없어요."

　그녀는 집에 데려다주는 내 차 안에서 그렇게 말하며 나를 보고 생글생글 웃었다.

문 리버, 한 마일보다도 더 넓은 강
언젠가는 너를 품위 있게 건너가리라.
꿈을 안겨 주기도 하고 가슴을 아프게도 해 주는 그대,
그대 어딜 가든 나도 같이 가리라.
둘이서 함께 표류하며 세상 구경 길을 떠나는데
이 세상 구경거리가 참으로 많기도 하구나.
강 굽은 무지개의 꼬리를 잡으려는 나의 다정한 친구 문 리버, 그리고 나.

- 영화 〈티파니에서 아침을〉의 주제가 〈Moon River〉

# 9. 문 리 버

그녀를 집에 데려다주고 그녀의 변명을 만들어 주고 집에 돌아오니 집에서 음식 냄새가 풍겼다. 한 여자가 김치부침개를 하고 있었다. 머리를 틀어 올린 단정한 옷차림의 그녀는 오유진이었다.

"어서 와요."
"마치 유진이 집인 것 같군."
"내가 열쇠공 불러서 열쇠 하나 맞췄어요. 괜찮죠?"

나는 시큰둥하게 그녀를 쳐다보았다. 더운 여름날이라 땀이 등 뒤로 흘러내렸다.

"나 샤워 좀 할게."

마치 부부인 것처럼 그녀가 뒤에서 말했다.

"부침개 식으니까 빨리 나오세요."

땀에 젖은 몸을 씻으면서 샤워기 아래에서 나는 유진과의 긴 시간을 생각했다. 내가 유진을 알게 된 것은 정비일을 하면서 야간 대학원에 다니기 시작했을 때였다. 어렵게 방송통신대학을 다녀 대학 졸업장을 다시 딴 나는 다시 모교의 대학원에 적을 두고 평론 공부를 시작했다. 그녀는 주간 대학의 대학원 의상학 전공생이었음에도 불구하고 저녁때 내가 듣는 수업 중 하나를 같이 들었다. 그녀는 끊임없이 내게 관심을 보였고 우리 대학원의 조교가 자신의 친구라는 사실을 빌미로 대학원 엠티에도 항상 따라왔다.

나는 유진이 싫지는 않았지만 지영의 죽음 이후 망연자실하며 오로지 내 자신에게만 집중하던 때였기 때문에 유진을 신경 쓰고 싶지 않았다. 그리고 엠티에 갔던 그날은 무슨 광기 같은 정열이 내 가슴속에 샘솟았던 건지, 술을 참으로 많이도 마셨다.

"웬일입니까, 형. 술을 너무 많이 하신 거 아니세요?"

동기와 후배들 걱정에도 나는 그날 주는 술잔을 모두 비웠다. 대부분의 사람들이 잠들고 뻗은 시각, 나는 비틀거리며 방에 들어서는데 유진이 나를 부축했다.

"어휴, 이 술 냄새. 도대체 오빠는 왜 이렇게 술을 많이 먹은 거야."

이미 유진은 자기 마음대로 나를 오빠라고 부른 지 오래였다. 나는 약간의 취기는 있었지만 몸을 가누지 못할 정도는 아니었다. 단지 그녀가 나를 도와주고 싶어 하는 마음을 헤아려 못 이기는 척 나를 그녀의 손끝에 맡겨 버렸다. 유진은 나를 눕히고 나서는 배낭을 베개 삼아 내 옆에 누워 나를 꼭 안았다.

나는 취기에 "너 여기 있으면 안 돼…. 여긴 남자 숙소잖아"라고 말했다. 유진은 의외로 내 말에 아무 반응이 없었다. 아마도 그녀는 내가 술에 취해 제정신이 아니라고 생각했던 것 같다. 그 방에는 우연인지 모르지만 아무도 없었다. 여기 말고도 남자 숙소로 지정된 방은 네 개나 더 있었다. 그녀는 이제 시늉이 아니라 내 허리를 꽉 두 팔로 감았다.

"지금 뭐 하는 거니…."

유진의 살이 닿는 순간, 나는 그녀를 힘껏 안고 말았다. 그녀의 의도적인 유혹을 기꺼이 받아들인 셈이었다. 나는 술기운을 빌려 대담해졌고 그녀는 그런 내 힘에 어쩔 수 없이 굴복당하는 식이었다. 나는 그녀에게 입술을 맞추었고 뜨겁게 안았다. 뜨거운 감자처럼 내 감성을 감싸고 있던 이성이라는 이름의 은박지가 순식간에 벗겨지고 내 정열이라는 것이 그처럼 격렬하고 무모한 한낱 몸을 이용한 일회용 소모품에 불과

하다는 것을 처음 깨달았다.

"오빠… 정말 이럴 마음은 아니었는데…."

나체가 되어 울고 있는 유진을 나는 안고 달랠 수밖에 없었다.

"내가 잘못했어, 유진아. 술 탓도 있었지만 여길 왜 따라왔니. 여길 왜 왔어."

나는 그때 부침개를 하고 있는 유진 옆의 창문으로 대추나무에 걸린 그믐달 언저리를 보았다. 낮인데도 달은 아직 하얗게 그 자리가 남아 있었다. 그때의 죄의식에 앞서 지금 이 상황에 대한 깊은 허무감이 밀려왔다. 달빛 때문이었다고, 아무래도 그때의 일은 내 이성이 한 일이 아니었다고 나를 위로했다. 달빛이 구름에 조금만 가렸더라도 나는 유진과의 그 운명에서 조금 비켜 갈 수 있었을지도 모를 텐데…. 가만히 생각했다.

유진이 지금 이혼녀인 것도 어찌 보면 나의 책임이 그 안에 있는 건지도 모른다고 생각했다. 유진은 그때 일로 내가 그녀를 책임지리라고 믿었지만 생각보다 장인이 될 사람의 반대가 심했다. 한번 집으로 찾아가 보고자 장인이 될 사람에게 전화를 하였으나 절대 유진 가까이에 나타나지 말라는 경고만을 들었을 뿐이었다. 아무리 자기 딸이 미덥잖은 일을 했다고 하더라도 아버지가 부모 하나 없는 가난한 정비공 약간 대학생에게 금이야 옥이야 길러 온 딸을 주기란 어려운 일이었다. 게다가 결정적인 것은, 나는 유진을 전혀 사랑하지 않았다. 당시 나는 군대에서 내내 그리워하던 지영의 죽음을 접하고 그 어떤 사랑도 할 수 없는 불능자가 되어 있었다. 붓도 꺾고 평론이라도 하여 지영이 좋아하던 그 문학의 곁에 잠들고 싶었을 뿐이다.

결국 유진은 아버지의 강력한 반대와 나의 냉정함 사이에서 야위어 갔고, 학교도 마치지 않은 채 디자인계 거목인 사업자와 결혼을 해 파리로 떠났다. 그곳에서 의상 디자인을 전공한 후 명동에서 오유진 패션갤러리를 개장했다. 섬유업체를 가진 아버지 구미에 딱 맞아떨어지는 직업이었다. 그녀의 아버지는 딸의 일을 적극 지원했고 패션 산업은 경제호황과 맞물리면서 강세를 타고 엄청나게 번창해 갔다.

내가 정비사로서, 작은 베어링 업체의 사장으로서, 잡지사 기자로서 사는 동안 그녀는 내 한 달 월급으로는 생각해 볼 수도 없는 값비싼 고급 옷들을 만들어 엄청난 수입을 올렸다.

유진은 부동산 투기로 벼락부자가 된 허영심을 많은 여자들의 핸드백 속에 든 돈뭉치를 갈퀴로 쓸어 담았던 것이었다.

하지만 그녀의 외적 성공이 결혼 생활까지 성공하게 한 것은 아니었다. 유능한 디자이너인 남편의 바람기도 문제지만 그녀의 완벽을 추구하는 성격 때문에 유진은 결혼 5년 만에 아이 하나 없이 갈라서게 되었다. 그녀의 완벽에 가까운 모든 성격은 패션에도 그대로 드러났다. '오유진 패션의 목표와 이상은 빈틈없는 지성인의 귀족주의를 표방합니다.'

따라서 캐주얼이나 가벼운 대중적 의상, 서민적 기호를 원하는 여자들에게는 인기가 없었다. '우아한 품격과 세련미를 추구하는 하이패션을 선도, 당신은 그 옷을 입는 순간 귀족 대접을 받게 된다.' 그녀 패션 광고의 카피였다.

나는 여성저널에서 오유진 패션 신드롬을 취재하면서 다시 유진을 만났다. 나는 이미 나와 한참 멀어져 버린 인연인 그녀에게 어떤 미련도 없었다. 물론 내가 그녀를 다시 만나는 데 있어서 그녀가 이혼녀라는 사실이 결점이 되는 것은 아니었지만, 나는 이혼까지 한 뾰족한 그녀를 감당할 자신이 없었고 성격상으로도 차이가 있었으며 함께하면서 완벽에 가까운 그녀의 독기를 이겨 낼 자신이 없었다. 그것은 유진이 내게 나타나면 가까이 접근할 때마다 숨 막히는 요인으로 등장했고 그녀를 피하고 싶게 했으며 특히 나는 윤정에게 푹 빠져 있는 중이었기 때문에 그녀를 밀어내고 싶었다.

그런데 오늘, 그녀가 나와 연락이 뜸하자 이렇게 집에 들이닥친 것이다.

"유진아, 무슨 일이니? 집으로 오고?"

코끝에 감도는 김치부침개 냄새가 방금 아침을 먹었음에도 식욕을 자극하고 있었다.

"응. 우리 남성 브랜드 론칭했어. 그래서 신상 나온 남자 셔츠 좀 가져와 봤지. 오빠 생각하며 만든 거거든. 잡지사에 있나 전화했더니, 오늘 휴가라고 집에 있을 거라고 양 기자가 귀띔해 줘서."
"주소는 어떻게 알았어?"
"양 기자가 살짝 알려 줬지."
"그 친구 참 쓸데없는 짓을 하는군."
"뭐 그렇게까지 말해? 내가 오빠랑 같은 학교 다닌 거 말하니까 잘 알던데 뭐."
"아니다. 어서 와, 같이 먹자. 맛있겠다."

유진은 김치부침개를 한두 개 집다가 핸드폰을 들더니 급히 나를 떠나갔다.

나는 누워 이루마의 피아노곡을 들으며 잡생각을 하고 있었다. 갑자기 전화벨이 울렸다. 분명 그녀일 것이다. 나는 전화를 받았다.

"무슨 일 있어? 뭐 두고 갔니?"
"당신을 두고 왔잖아요."
"맞아. 그랬지? 나도 주인이 언제 오나 생각하고 있었어. 아깐 잘 들어갔니?"
"네."

그때 나는 먼 하늘에 시선을 두었다. 하늘을 바라보았다. 그녀가 좋아하는 맑고 높은 가을의 아침 하늘. 하지만 지금은 구름 한 점 없이 티 없는 여름 저녁 노을이 지는 하늘이었다. 나는 베란다에 나와 앉으며 이미 그녀는 나의 하늘이라고 생각했다.

"나, 집에서 나올 거예요. 거기서 살아도 되죠?"

그 말은 아까 내가 집에 그녀를 데려다준 이후 그녀가 집에서 좋지 않은 일이 있었음을 의미했다. 어쩌면 약혼자가 있는 그녀가 핸드폰도 꺼 둔 채 하룻밤을 집에 들어가지 않은 것은 성인이라도 부모님으로부터 꾸중을 들을 당연할 일이었다. 아무리 나이가 많아도 부모에게는 자식일 수밖에 없으니까.

"나, 당신을 너무나 사랑해요. 아무리 생각해 봐도. 당신 없이는 이제 못 살 것 같아."

그녀의 목소리에 감기면서 나는 눈을 감았다. 잠들고 싶으나 졸리지도 않고 피곤하지도 않았다. 전화기 저편에서 그녀의 방에 나오는 클래식 음악이 들렸다. 아마도 나와 통화하는 것을 밖으로 들리지 않게 함이리라. 평상시와 달리 브람스의 왈츠, 그 흔한 클래식 멜로디가 내 마음을 산란하게 했다. 무언가 그녀를 위해 결단력 있는 남자다운 말이 필요했다.

"어디 돌아다니지 않고 편하게 누워서 커피 마시고 같이 밥 먹고 음악 듣고 책 읽을 수 있는 그런 데 없을까? 교외 지역의 숲이 우거진 별장이 아니라도 되고. 그냥 우리 둘이 편하게 누울 수 있는 곳으로 말야."

내 목소리 끝에 내 의지와 달리 목이 메었다.

"우리가… 방을 가질 자격이 있을까요?"

　나는 그녀의 말을 곱씹어 보았다. 방이라는 것이 무슨 자격을 갖추어야만 가질 수 있는 것은 아니었다. 돈만 있으면 지금이라도 당장 복덕방에 가서 반듯한 방 한 칸 쉽게 얻을 수 있을 것이다. 문제는 축복되지 않은 사랑으로 우리가 숨어 살아야 한다는 것에 있었다. 우리 두 사람의 밀회가 공개될 수 없는 한 두 사람의 공간 역시 그렇게 숨 막히게 밀폐될 수밖에 없다는 점이었다. 더구나 그런 방은 내가 혼자 쓴다고 하더라도 어차피 현대사회에서 공개되는 집에 불과하여 지금의 내 아파트와 다를 바가 없다는 것이다.

"사람 눈이 얼마나 무서운 줄 아세요?"
"그럼 내가 좀 도와줄까?"

　한사코 경제적인 것을 도와주는 것에 대해 그녀는 거부했다.

"그것은 순수한 연인이 할 일이 못 되어요."
"그럼 연인은 집도 없고 돈도 없고 장래 약속도 없는 암담한 관계란 말이군그래. 연인보다 못한 부부도 많은데, 부부는 집도 있고 돈도 있고 모든 걸 약속받을 수 있는데."

"하지만 우리가 연인이기라도 할까요."
"아니면 뭔데."
"난 잘 모르겠어요."

  난 그녀의 말뜻을 알고 있었다. 그녀의 부모님과 끝까지 싸워 주지 않은 그녀의 나에 대한 원망이라는 것을. 물론 그녀 역시 그녀의 부모님과 비슷한 연배의 내가 그녀의 부모님에게 그런 망신을 당하는 것이 싫다는 의미에서 아예 무시하기로 마음먹었는지도 모른다.

  어쩌면 나만 포기하면 그녀는 행복할지 모른다. 그러나 그녀는 지금 나를 잃게 되는 순간은 지상에서 마지막 날일 거라고 하지 않는가. 나 역시 이제 바보처럼 그녀가 없으면 안 될 것 같다는 생각을 한다. 나 역시 그녀를 잃는 순간 자의든 타의든 아마도 죽음을 맞이할 것이라고 생각한다. 쉰이라는 나이에 어찌 보면 푼수가 되었다는 생각을 한다.

  하지만 그녀의 당돌한 생각에 가끔씩 두 손 들 때도 많고 그것은 즐거운 함성이었다. 그것은 그녀가 인생에 있어 비록 몸은 현실에 잡혀 아닐지 모르지만 천성은 아주 자유롭고 아이처럼 순수하다는 데에 있었다. 나는 그녀만큼 생각을 넓고 크게 쓰는 사람을 만난 적이 없다. 여자라는 것도 문제가 안 되었다. 그녀를 만나면 마음이 편해지는 이유는 다른 데 있는 것이 아니었다. 그녀는 만나면 친구도 되고 애인도 되고 동생도 되고 아내, 누나, 어머니가 되어 주기도 했다. 그녀의 변신은 무죄였고 언제나 자유였다.

그녀와 헤어진 지 만 하루도 안 된 지금, 나는 가로등 불빛 아래에서 그녀를 다시 만났다. 그녀는 가로등 불빛 사이로 윙윙거리는 하루살이들을 가리키며 바라보았다. 나는 그녀의 가슴이나 허리를 바라보면 전도체처럼 금세 달아오른다. 그녀는 내가 언제 어떻게 열을 받는지 알고 있기에 내 눈길을 가로등 불빛 사이의 하루살이들 쪽으로 유인한다.

그러나 정작 내가 좋아하는 것은 그녀의 따뜻한 눈빛이었다. 나를 바라보는 그윽한 그녀의 눈빛. 그 속에 자유와 편안함과 나를 닮은 외로움이 촉촉이 젖어 있었다. 그것은 그녀가 나를 유혹하는 관능적인 매력이었다. 그녀는 지금 내가 자신의 밋밋한 가슴을 좋아한다고 착각할지도 모른다. 여자의 몸은 남자의 손길이 빚어내는 조각품이다. 나는 그녀를 하나의 여자로 다시 만들어 냈다.

그녀와 횡단보도에서 신호를 기다리면서 한 중년 부부의 대화를 들었다. 우리는 서로 그렇게 되길 바라지만 그럴 수 없다는 절망에 잠시 서로를 바라보았다.

"당신, 몸이 좋지 않은 것 같은데 보약 좀 먹을까요?"
"밥만 잘 먹으면 되었지. 돈도 없는데 보약은 무슨."
"그럼 힘을 좀 내세요. 가슴도 쭉 펴고. 그 옷엔 연회색보다는 밝은 넥타이가 더 잘 어울리는데… 내가 아침에 봐 줄 걸 그랬네. 나이 들수록 화려하게 차려입어야 돼요."
"아무거나 입으면 어때. 당신은 어깨 아프다는 거 어때. 애들 해 달라는 거 다 해 주지 마. 버릇 나빠져."
"아이구, 되었어요. 어마, 당신 집에서는 몰랐는데 귀밑머리에 새치들 좀 봐."

우리의 부러움은 곧 좌절감으로 돌아왔다.

가로등 불빛 아래 한가한 공원 벤치에서 그날 밤 그녀는 내게 이렇게 말했다.

"사람들이요. 날 보면 여성잡지 기자의 심미안에 실망을 느끼고 냉소를 지을 거라고 생각했어요. 근데요. 난요. 처음부터 당신이 날 보면 좋아하게 될 거라는 거. 점점 더 나를 사랑하게 되고 말 거라는 걸 한 번도 의심하지 않았어요. 그리고 지금도 날 얼마나 사랑하는지 난 잘 알아요."

난 아무 대답 하지 않고 그녀의 눈을 바라보며 그녀의 손을 꼭 쥐었다. 그 말은 사실이었다. 나는 첫눈에 그녀에게 반하지는 않았지만 정비공장에 들어섰던 그때 이후부터 계속 만나고 있었던 것처럼 마치 오래전에 입고 있었던 트레이닝복처럼 편하고 자유로우며 단순하게 그녀를 만났다. 그리고 점점 더 그녀에게 정신없이 빠져들었다. 그녀가 어리다고 하여 여자가 아니라고 생각해 본 적은 한 번도 없었다. 그러한 그녀가 지금 내 곁에 기대어 숨 쉬고 있었다. 내 과거의 많은 사람들과 내 현재의 사람들, 그리고 내 미래까지 되기를 원하는 그녀를 생각하며 여러 가지 남자로서 인간으로서 실존에 대하여 비감 어린 생각에 빠져 있는 내 곁에 그녀는 아무것도 두려워하지 않고 나를 믿고 자신의 모든 체중을 내게 실어 기대어 있었다.

하지만 분명한 것은 아직 그녀는 내 현실에 있는 것이었다. 내가 손을 뻗으면 언제라도, 어느 때라도 닿을 수 있는 그 현실에.

어떤 고문이 나를 기다린다 해도
나는 고통도 괴로움도 모두 웃음으로 받아들이겠어요.

무엇 하나도 나를 협박할 수는 없어요.
다만 나의 불성실 때문에 받아야 할 것이라면
그때만큼은 제가 두려워하겠죠.
제발 불쌍히 여겨 저를 풀어 주세요.
하늘의 축복이 당신에게 보답할 것입니다.

그렇지만 당신이 원하시는 것 어느 것도 제 마음을 움직일 수는
없습니다.
차라리 죽음으로 자유를 택하겠어요.


- 모차르트 〈후궁으로부터의 도주〉 중에서

# 10. 후궁으로부터의 도주

이틀 후, 그녀는 결혼식을 한다. 오늘 그녀는 방송에서 고별방송을 한다. 나는 요 며칠 여성 산악인에 대한 기사들 정리 때문에 잠을 뒤척였더니 잡지사에 지각을 했다. 글이 늦어지자 편집장에게서 불호령이 떨어졌다.

"찬물에 세수하고 와서 다시 쓰게."

의외로 편집장의 말은 너무나 단호하다. 내 지갑 속의 사진에서 웃는 그녀가 무슨 걱정이냐고, 나는 언제나 당신과 함께하니 아무 걱정 말라고 나에게 말하는 것만 같다.

나는 건물 옥상에 올라서서 담배 한 개비를 입에 물었다. 나는 지영과의 예기치 못한 이별 앞에서도 이제 윤정과의 예상된 이별 앞에서도 아무것도 할 수 없는 현실이 싫다. 우선 내가 어떤 역할을 해야 하는지를 남자답게 생각해야 한다. 그녀에게 나는 무엇인가. 어제까지는 애인, 내일 결혼식 후에는 과거의 남자로 침묵하고 사는 것만이 그녀를 위한 일이겠지. 영원한 과거일까. 해 질 무렵이면 어두운 길목에서 만나 골목골목으로 이어진 가로등 그림자를 밟으며 아쉬움에 등 돌리던 날들. 우리들이 떳떳하게 사진 한 장 앞으로는 가질 수 없듯이 우리는 비겁하게 서로의 행적을 어둠 속에 숨기고 감추며 지우려 하는 존재는 아닐까? 우리가 그토록 애틋했던 것은 내

일을 기약할 수 없는 순간적인 이별이 기습적으로 찾아올지도 모른다는 두려움 때문이었을지도 모른다. 바로 그 이유가 서로를 무섭게 탐닉하게 했는지도 모른다.

   내일은 만날 수 있을까. 그녀의 머리 냄새. 그녀의 손을 다시 느낄 수 있을까. 그런 데서 느꼈던 많은 절망들. 오늘이 우리의 마지막 날인가. 그 절박감. 그 아쉬움과 찾아올 외로움에 대한 두려움이 치열한 불꽃이 되어 타올랐을지 모른다. 이제 그녀의 결혼식은 하루 앞으로 다가왔다. 난 그녀가 원하는 남자가 되고 싶다.

   그날, 마른 꽃들을 좋아해서 벽마다 안개꽃, 장미, 갈대, 강아지풀, 심지어는 말린 옥수수까지 벽에 주렁주렁 매달아 놓은 카페에서 그녀를 만나기로 했다. 어느 카페이든 들어가면 내가 좋아하는 구석 자리에 약속 시간보다 먼저 가서 자리를 잡았다. 메모지를 들고 볼펜을 끄적이고 있을 때 그녀가 나타났다. 화장도 안 하고 편안한 옷차림이었다.

"집에서 요 앞에 나간다고 하고 나오느라 이렇네요."
"그게 어때서. 보기 좋은데 뭘."

   그녀는 빙그레 웃으면서 볼펜을 딸깍거리는 내 손에 자신의 손을 얹는다. 나는 그녀의 웃음이 예쁘다는 생각을 했다. 그러면서도 한편으로는 이대로 이 웃음을 다시는 못 본다면 '이제 내 삶은 아무것도 없구나'라는 생각을 했다. 이 시간이 멎어 버렸으면, 그녀가 돌이 되어 아무 데도 가지 못하게 하고 나도 그 곁에 망부석이 되었으면, 하는 어리석은 생각을 한다.

사실 그녀가 화장을 하든 옷을 헐겁게 입든 내게는 거부감이 없었다. 오히려 그녀의 단순하고 소박하며 고운 심성이 자연스럽게 드러났다고 생각하여 나는 좋았다. 그녀의 옷차림은 심리적으로 아주 큰 작용을 했다. 덕분에 그녀와 나의 마음의 거리는 확 좁혀진 기분을 받았다.

"당신과 나… 많이 가까운 사람이죠?"

우리들 사이에 있는 탁자 크기만큼의 간격도 싫다는 듯 그녀는 내 옆에 와서 앉는다. 그녀와 가까워지자 가장 먼저 맡아지는 것은 그녀의 살냄새였다. 아카시아나 말린 꽃의 향기보다 더 강한 인간의 살냄새.

"우리… 너무 가까워진 것 아닐까?"

카페를 둘러보며 내가 웃으며 말했다.

"사람 가까워지는 거 순간이에요."

마침 카페 스피커에는 산타 에스메랄다의 노래가 흘러나오고 있었다.

"당신은 나의 전부예요."

그녀는 내가 이곳을 좋아하는 것을 알고 있었다. 그리고 아주 낮은 목소리로 자유자재로 곡을 구사하면서 불렀다. 그녀의 노래 솜씨에 어울리는 보이스는 내가 지금까지 들은 어떤 노래보다 매우 감동적이었다. 더구나 내 앞에서 아무 거리낌 없이 노래를 부를 수 있는 그녀의 자유롭고 솔직한 모습이 나를 더 기쁘게 했다.

"전 이 노래가 참 좋아요."
"당신도 좋아하는 노래인가?"
"아니요. 당신이 좋아하는 노래라고 했었잖아요. 당신 한창때 노래잖아요. 당신은 어떤 마음으로 누굴 생각하며 이 노래를 좋아한 것일까 생각해 봐요."

나는 순간 다시 글을 쓸 용기를 주었던 내 나이 서른 살의 지영을 생각하려 애썼다. 그런데 사진 한 장 가지고 있지 않은 그녀는 거짓말처럼 실존 인물이었는지도 알 수 없게 얼굴조차 떠오르지 않았다. 나에 대해 모든 것을 이해해 주는 아직 살아 있는 그녀를, 윤정만은 내가 살아 있는 동안 잃을 수 없다는 생각이 들었다.

"노래를 들으면요. 사람은 옛날이나 지금이나 똑같다는 생각이 들어요. 옛날에도 사랑하는 죄인들이 있고 지금도 그렇고…."
"당신에게 그런 남자가 있겠지?"

그녀는 박꽃처럼 웃으며 내 볼을 꼬집었다.

"그게 나이면 안 되는 건가?"

내 무서운 질투의 말에 그녀는 고개를 가로저으며 내 팔을 자기 가슴에 꼭 갖다 대다가 내 손등에 뽀뽀를 한다. 그리고는 오랫동안 침묵을 지켰다. 지금까지 어느 때보다 그녀의 입술이 내 몸에 그렇게 오래 닿은 적은 없었다.

나는 그녀와 합법적으로 만날 수 있는 마지막 날을, 뜻깊은 시간으로 보내고 싶었다. 해가 지면 마치 내가 할 일은 그녀를 만나 얘기하고 입 맞추는 일뿐인 것처럼 살아왔기에 이제 나는 그녀 없는 공백을 무엇으로 채워야 할지 머리가 하얘졌다. 그녀의 진면목이 외모가 아닌 옷 속 살갗이고 그 부드러운 살갗 속에 울림이 있는 나를 있는 대로 받아 주는 영혼, 나와 사랑한 그 모든 기억과 애정이라고 생각하니 그녀가 나는 점점 더 좋아졌다. 지금 이 순간도 나는 그녀가 어제보다 더 좋다. 그런데 나는 오늘 그녀를 남자답게 보내 줘야 한다.

이미 오래전에 나와 그녀 사이의 간격은 없어졌다. 살이 닿았다는 것이 마음의 거리를 얼마나 단축시키는가. 마음의 거리가 그동안 사랑으로 얼마나 가까워졌는가. 그녀는 또 하나의 나다. 남이면서 나인 것은 그녀 하나뿐이다. 그런데 그런 나를 다른 사람에게 내주어야 한다.

"후회하지 않아?"

나는 삼류 연극 대사처럼 그녀의 눈을 들여다보면서 물었다.

"당신은요?"
"나야, 후회할 자격도 없는 사람이야. 한순간도 너를 위해 무언가 한 게 없는데… 지금 이 순간도 이렇게 해만 될 뿐이고…."
"후회라니요. 전, 제가 원하는 남자가 나타나면 꼭 용기를 내겠다는 꿈이 있었어요. 내 몸과 마음을 다해서 사랑해 보고 싶다는 그런 꿈이요. 그동안 저는 그 꿈이 할머니가 되어 나타나거나 아예 만나지 못하면 어쩌나 하고 얼마나 가슴 졸였다고요. 하지만 당신이 있어 나는 마음껏 사랑하고 사랑받을 수 있었잖아요."

나는 뜻밖에도 그녀의 꿈을 이루어 준 선택받은 남자가 되고 말았다. 그렇다면 그 선택은 잘못되었던 게 아닐까.

"아니요. 난 언제나 당신만 생각할 거예요. 나에게 당신이 얼마나 큰 존재인지 아나요?"
"당신은 무슨 새지? 아니 당신은 무슨 꽃이지? 당신은 대체 뭐지?"

나는 그녀를 이제 놓아야 한다는 현실 앞에 가슴이 멎을 것만 같았다.

"내가 무슨 새냐고요?"
"당신은 젊고 날개가 좋아서 이제 어디든 날아갈 수 있어. 하지만 나는 그만 나는 법을 잃어버렸어. 너무 오래 그 새와 함께 갇혀 있었나 봐."
"그 새가 떠나고도 갇혀 있었나요?"

"그랬던 것 같아."
"그럼 같이 날아가 버리는 건 어때요?"

그랬다. 나는 정비사이고 베어링 회사의 사장으로 지내는 동안 항상 자동차와 함께 지냈다. 친구들이라고는 대개 대학 동료나 직장 동료일 뿐이었다. 내 인생에 흔적도 없이 불같은 흔적만 남기고 간 지영 이후에, 그녀를 만나기 전 기자가 된 이후에는 그녀를 만날 수 없는 대부분의 시간 도서관이나 집에서 습작을 하며 처박혀 지냈다. 무언가를 써야 한다는 것은 괴로운 일이었고 그래서 늘 숨이 막혔다.

깊은 외로움과 내 능력에 대한 한계로부터 오는 자학, 자기 연민과 환멸의 고통 속에서 언제든 되는 대로 살아가자는 내 인생의 휘발성 강한 욕망은 불씨만 당기면 폭발할지 모르는 위기에 서 있었다. 나는 내가 나를 파괴할지 몰랐고 다른 사람을 파괴할지도 모른다는 사실이 두려웠다.

"걱정 말아요. 내가 있잖아요. 난 당신 안 떠날 거라고 했잖아요."
"이제 당신이 내일 떠나면 정말 난 더 외롭고 힘들 텐데 뭘 걱정 말라는 거야?"

나는 갑자기 설움에 북받쳐 아이처럼 소리를 지르고 말았다. 쉰 살의 나이에 푼수가 되어 버리다니, 나는 나오는 눈물을 어떻게 수습할지 몰랐다. 갑자기 죽음이 눈앞에 와 있다는 느낌이 들 만큼 어두컴컴할 뿐이었다.

그녀는 커피값을 계산하고 오더니 내 팔짱을 끼고 한 팔로는 나를 꼭 안으며 말했다.

"도요새가 어때요?"
"왜 하필 도요새인데?"

그녀는 별다른 뜻은 없고 그냥 이름이 이쁘고 강이나 바닷가에 사는 나그네새니까 마음에 든다고 했다. 나 역시 도요새가 나그네새라는 것이 마음에 들었고 그녀와 저 까마득한 하늘을 같은 깃털을 하고 비상하는 생각에 젖어 이별의 조급함에 대한 마음이 조금 누그러졌다.

"도요새를 위하여!"

나는 눈물이 가득 고여 아무런 감정도 더 이상 담지 못하는 공허한 눈으로 그녀를 바라보았다. 그녀는 내가 지금 어디든지 데려가 어떻게 해 주기를 바라는 걸까? 그래서 결혼식 전

날 나를 만나러 나와 저런 눈빛으로 나를 바라보는 걸까?

   그동안의 나의 글에 있어 세계관은 허무주의였다. 이 세상이 전부가 아니라는 것을 천주교 신자로서 알고 있지만 모든 사물은 결국 먼지로 해치된다. 해는 기울고 세상의 집들은 무너질 것이며 사랑은 착각이고 관념의 불꽃이며 사람은 병들고 늙어 흙이 되는 존재이다. 내 폭발성 잠재적 욕구는 휴화산처럼 잠들어 있었다. 내 잠든 성욕처럼 무서운 휘발성 욕망을 숨긴 정서는 불길이 다가오기를 기다리고 있었다. 마흔 살의 여름, 그녀를 처음 만날 때까지.

"나 이별이 걱정돼요."

   드디어 헤어질 시간이 다 되어 이별 이야기가 무슨 종교 의식인 양 그녀의 입에서 나왔다.

"나… 당신을 보내 줄 수 있어."

   만남이 중요하듯이 헤어짐도 중요했다. 얼마나 많은 사람들이 그처럼 소중한 만남을 추악한 이별로 더럽혔는가. 추악한 이별은 과거를 더럽히고 그 좋은 추억들마저 쓰레기더미로 폐기시켜 버리고 만다. 지상에서 우리가 사랑할 시간은 너무 없다는 시인의 시구는 지금 그녀를 보내기 싫은 나에게는 너무나 아픈 말이었다. 그러나 우리가 서로를 생각하면서 보낸 다른 많은 시간들까지 합치면 관념적인 시간은 그보다 훨씬 많은 것이었다.

 우리는 서로에게 기대어 눈을 감았다. 그녀는 어깨를 들먹이고 있었다. 그녀가 갑자기 떨리는 소리로 말했다.

 "나랑… 언제나 함께할 거라고 했나요?"
 "그럼. 난 언제나 어디서나 너와 함께야."
 "그럼. 나와 함께 죽어 줄 수 있나요?"

 이 세상에 미련이 내게 있을까. 난 살 만큼 살았고 내가 할 일들을 했으며 그녀를 만났기 때문에 이제 그녀를 보내고 나는 내 모든 것을 정리하고 어디론가 떠나서 길바닥에서 이름도 없이 죽고자 생각하였다. 문제는 그녀였다. 그녀는 너무나 아름답고 아직 젊다.

 "그래…. 네가 원한다면 나는 아무래도 좋아…. 하지만 너는…."
 "이건 내 눈물이고 운명이에요. 우리가 단 한 번을 만나더라도 서로 원하면 그 누구도 못 말리는 것처럼, 헤어질 시간이 되면 우리가 아무리 만나고 싶어도 못 만날 거예요."

그녀의 목덜미에 내 뜨거운 입술이 닿았다. 나도 울고 있었다. 가족들이 나를 차례대로 떠났을 때, 집시법으로 교도소에 간 첫날 폭행을 당했을 때, 군대에서 큰 철근이 떨어져 다리를 다쳤을 때, 지영이 죽었다는 사실을 알았을 때, 그 어느 때보다도 더 많은 눈물이 계속 흘러내렸다.

나는 그녀를 아주 세게 그리고 성스럽고 뜨겁게 안았다. 문득 그때 나는 내가 평론했던 프랑스 소설이 생각났다. 제목은 떠오르지 않지만 사랑하는 두 남녀가 몇 날 며칠 외출도 하지 않고 정사에만 몰두하다가 결국 삶과 죽음의 기로에 서서 하나를 택해야 하는 상황이었다. 이제 정사를 그만두고 살 것인가, 아니면 계속 강행하다 숨이 다해 죽을 것인가. 그러나 두 연인은 죽음을 택한다. 너무나 사랑하기에 잠시도 멈출 수가 없었기 때문이었다.

이대로 내 품에서 그녀가 빠져나가 그녀를 볼 수 없게 된다면. 어차피 내 삶은 멈출 것이다.

"고마워. 정말 고마워."

나는 외마디 말을 잇지 못한다. 그녀는 나의 목을 끌어안으며 조용히 말한다.

"난 정말 모르겠어요. 제가 이렇게 될 줄 몰랐어요. 남자 같은 건 없어도 너끈히 살 거라고 장담했었어요. 그런데 내가 이렇게 당신과 헤어지는 것이 세상에서 가장 두려울 수가 없어요."

나는 여기서 그녀를 그대로 놓으면 다시는 볼 수 없게 다른 남자가 그녀를 데려가 버린다는 생각에 더 꼬옥 그녀를 끌어안았다. 그녀와 몸을 합치고 있는 이 순간에 온몸에는 그녀가 준 몽롱한 약기운이 들기 시작했다. 이 약이 심장을 관통하는 순간 이제 이 세상이 아닌 다른 곳에 그녀와 내가 서 있을 것이다.

"당신은 나에게 유일한 남자였어요. 나는 절대로 당신과 헤어지지 않겠어요. 죽어서도. 내가 당신을 좋아하는 건 당신의 조건과 아무런 상관이 없어요. 나이가 많다는 것이나 재산, 가문, 학력, 명예 그 어느 것도 이 세상의 잣대가 내게 문제 되지 않아요. 그런 거 이미 당신이 나를 만나기 전에 가진 것이었고요. 난 그게 다 필요없는 거예요. 내겐 단지 나를 알아보는 당신의 영혼과 그 영혼을 간직한 몸이 소중할 뿐이에요. 내가 원하는 것은 그저 당신과 꼭 붙어 있는 것이에요."

그녀의 말이 멈추었다. 내 뺨 아래 이미 그녀는 의식이 없었다. 나의 의식도 천천히 멀어지고 있었다. 마취가 오듯이 벽지의 무늬가 스탠드 불빛 아래 점점 희미해져 갔다. 끝내 천장의 조명이 빙빙 돌다가 뿌옇게 사라졌다.

내일 아침, 내 예약 문자를 받은 양 기자가 우리를 발견할 것이다. 나는 내가 원하는 외롭지 않은 죽음을 맞았다. 행복한 나의 삶이 마침표를 찍는 순간 저 멀리 나를 향해 팔을 벌리고 웃는 그녀가 보였다.